こんどうともこ、王愿琦　著／元氣日語

30天考上！新日檢N5題庫＋完全解析

546題

文字・語彙

文法

讀解

聽解

新版

作者序

勝負は「どれだけ問題をこなしたか」にあり！

2010年の大幅な改革から十年ちょっと。最初の頃は戸惑いもありましたが、主催者団体から明確な方向性が提示されていたこともあり、新形式もほぼ定着したように思います。その間、出版社に身をおいてきた本書の製作メンバー3人（王愿琦社長、葉仲芸副編集長、わたし）は、つねに受験生の立場に立ち、研究を重ねてまいりました。その結果、誕生したのが本書です。

受験には、どのような形式の問題が出題されるのか、どうやって問題を解けばいいのかを知ることが何より大切です。本書は、新しく改定された新試験形式に対応した試験を、詳細で分かりやすい出題内容分析とともに収録し、短期間で実践的な試験対策ができるよう、次のような点に重点を置いて構成しています。

1. 毎日一定の量学べるよう問題内容を配分

試験に打ち勝つには内容を理解する以上に、落ちついて試験に向かえるよう準備する必要があります。そのためには、とにかくたくさんの問題をこなすことです。

2. 改定後の試験内容を出題類型別に分析して提示

出題形式を内容別に詳しく分析して解説。最新の出題類型別ポイントと学習すべき内容が一目で分かります。

3. 本番の試験と同様の模擬試験を収録

本番と同じ形式の練習問題をこなし、自分の実力がチェックできます。分かりやすい解説付きですから、自分の弱点に気づき、強化することが可能です。

4. とにかく分かりやすい解説

翻訳と解説を担当した王愿琦社長は、長年出版界で数々の検定試験問題に携わってきた以外に、実際の教育経験もあるベテランの先生でもあります。教師と生徒の立場を理解しているからこその端的で分かりやすい解説は、本書一番の売りです！

5. 試験と同形式の聴解用音声を収録

聴解に立ち向かうポイントは、如何にして話の流れや内容、要旨を把握できるかにあります。毎日一定量の臨場感あふれる問題をこなすことで、確実な聴解能力の向上につながります。

最後に、語学の習得には地道な努力が不可欠です。初めは分からなかった問題も、2 度、3 度と繰り返すうちに、確実に実力がついてくるものです。自分と本書を信じて、惜しみなく努力を重ね、合格切符を手に入れましょう。幸運をお祈りしています。

こんどうともこ

作者序

祝 / 助您一試成功！

在教學以及編輯崗位十多年來，經常遇到同學以及讀者詢問：「我要考日語檢定，怎麼準備？」

這真是一個好問題。當然是「單字」要背熟才知道意思；「文法」要融會貫通才能理解意義；「閱讀」要多看文章才能掌握要旨；「聽力」要多聆聽耳朵才能習慣。但是我想，無論是誰，考前都需要一本「模擬試題」來檢測實力。

市面上有若干「模擬試題」的書。先不論一些書籍的內容是否符合實際考題，同學常常做了之後，或因書中沒有解析，或因解析不清，在考前增加焦慮感。緣此，有了您手上這本書的誕生。

書中こんどう老師所出的題目很活，雖說是模擬試題，但這些參考歷屆考題，歸納、提煉出來的內容，其實等於實際會考的題目。本書 30 天的題目共有 546 題，只要都弄懂了，臨場絕對萬無一失。而考題或有類似，那是當然的，因為重點就是這些，出現次數越多的，就越重要，實際考試也一定越容易出現。

至於我所負責的解說，盡量以學生的需求（如何快速閱覽，找出正確答案）、老師的責任（補充相關說明，厚植實力）、以及編輯的觀點（解說清晰，不拖泥帶水）這三個角度來撰寫。衷心希望題題用心、字字琢磨的此書，能讓您覺得好用，並祝 / 助您一試成功。

在離開學校日語講師教職，又回到出版社 10 多年後，此次的撰寫工作讓我有回到初心的感覺：做什麼事情都要一步一腳印，扎扎實實。而在此書出版之際，我要謝謝撰寫出最佳考題的こんどう老師，以及擔任本書責任編輯、細心近至吹毛求疵的葉仲芸副總編輯。希望我們三人十數年合作默契所打造的本書，能讓讀者得到絕佳的成績。當然，如有任何謬誤，也請不吝指正。

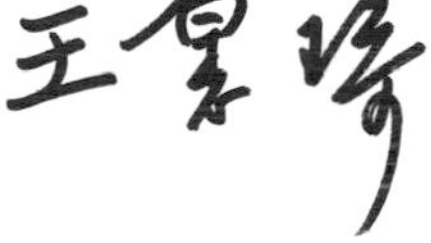

文法解說參考書目

- グループ・ジャマシイ　《中文版　日本語文型辭典》（くろしお出版，2001）
- 蔡茂豐　《現代日語文的口語文法》（大新書局，2003）
- 林士鈞　《新日檢句型・文法，一本搞定！》（瑞蘭國際出版，2014）
- 本間岐理　《必考！新日檢N5文字・語彙》（瑞蘭國際出版，2017）
- 本間岐理　《必考！新日檢N5文法・句型》（瑞蘭國際出版，2018）
- こんどうともこ　《信不信由你　一週學好日語助詞！》（瑞蘭國際出版，2018）
- こんどうともこ　《信不信由你　一週學好日語動詞！QR Code版》（瑞蘭國際出版，2020）

如何使用本書

模擬試題部分

- 名師撰寫，完全模擬實際檢定考題目，最放心！
- 內容涵蓋必考4大科目：「文字・語彙」、「文法」、「讀解」、「聽解」，零疏漏！
- 將模擬試題拆成30天，每天固定分量練習、學習，無負擔！
- 以每5天為一週期：前4天練習「文字・語彙」、「文法」2科，每天20題，厚植實力；第5天熟悉「讀解」、「聽解」2科，每次11題，融會貫通！
- 「聽解」試題由日籍名師錄音，完全仿照正式考試的速度，搭配QR Code掃描下載，隨時聆聽提升聽解實力！

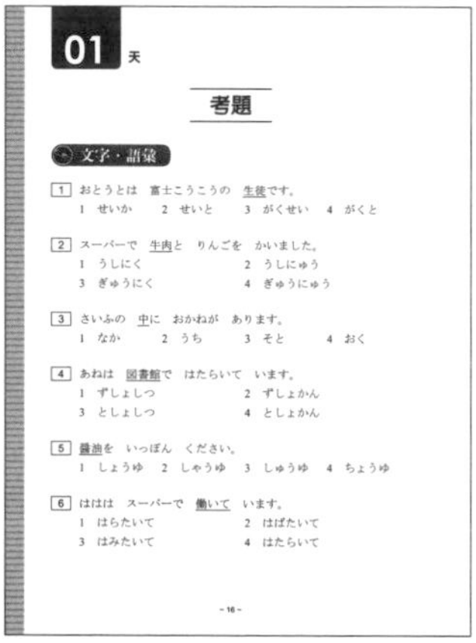
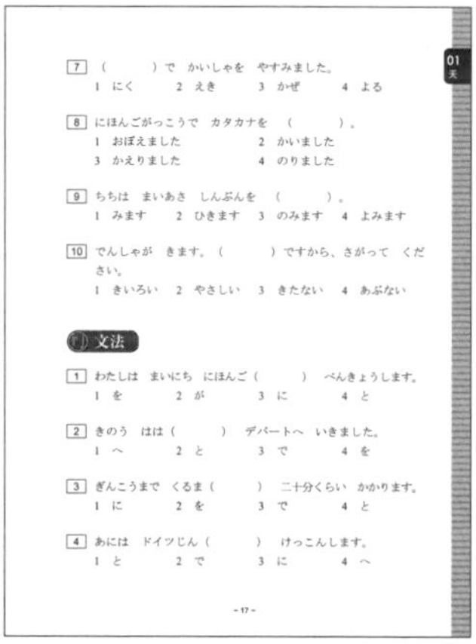
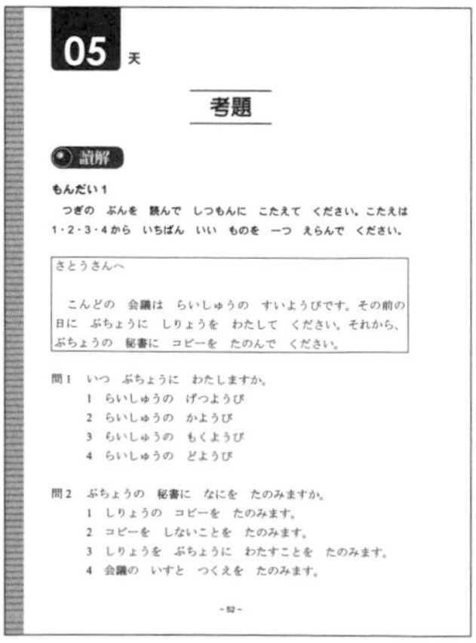
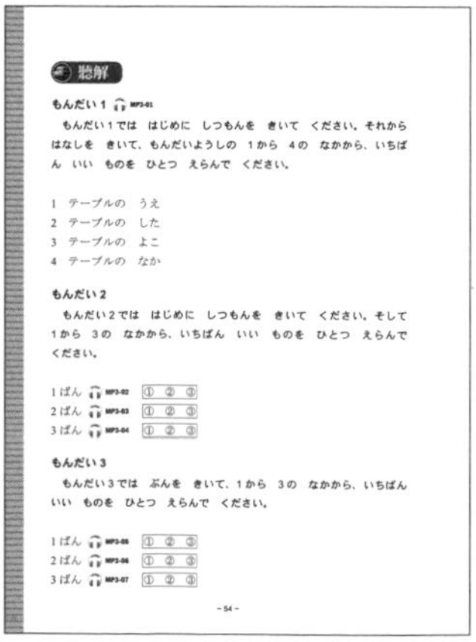

解答部分

- 每一天測驗完，立即檢核實力，看日後的每一天，程度是不是越來越好！

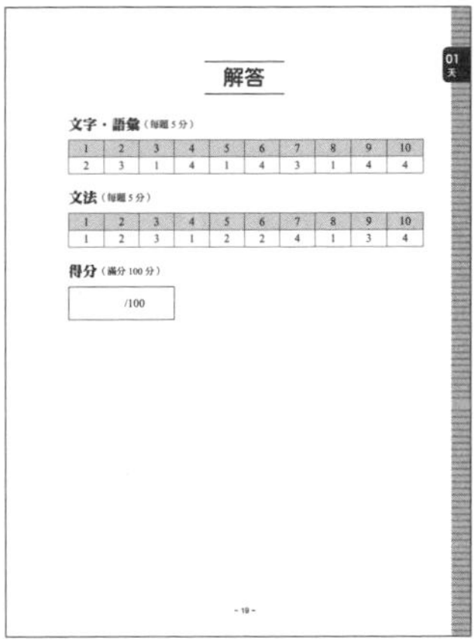

解答

01 天

文字・語彙（每題5分）

1	2	3	4	5	6	7	8	9	10
2	3	1	4	1	4	3	1	4	4

文法（每題5分）

1	2	3	4	5	6	7	8	9	10
1	2	3	1	2	2	4	1	3	4

得分（滿分100分）

/100

- 19 -

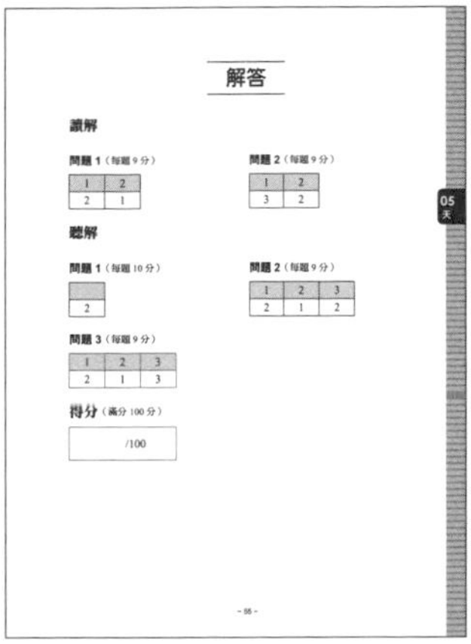

解答

05 天

讀解

問題 1（每題9分）

1	2
2	1

問題 2（每題9分）

1	2
3	2

聽解

問題 1（每題10分）

2

問題 2（每題9分）

1	2	3
2	1	2

問題 3（每題9分）

1	2	3
2	1	3

得分（滿分100分）

/100

- 55 -

翻譯、解說部分

- 將模擬考題調整成「漢字上標註讀音」模式，可同步複習漢字以及讀音，增強實力！
- 翻譯部分盡量採取日文、中文「字對字」方式呈現，並兼顧「語意通順」，遇到不懂的生字和文法，可即時領悟！
- 以明快、深入淺出的方式解題，簡單易懂，助您輕鬆戰勝新日檢！
- 以表格形式彙整相關重點，讓您一次掌握，輕鬆備考！

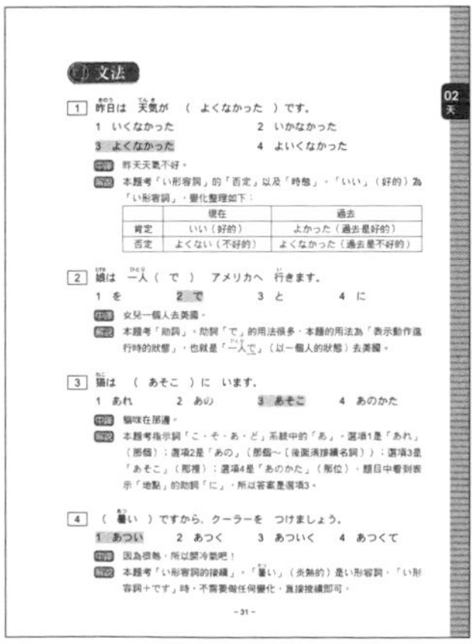

文法

02 天

1 昨日は 天気が （ よくなかった ）です。

1 いくなかった　2 いかなかった　3 よくなかった　4 よいくなかった

中譯 昨天天氣不好。

解說 本題考「い形容詞」的「否定」以及「時態」。「いい」（好的）為「い形容詞」，變化整理如下：

	現在	過去
肯定	いい（好的）	よかった（過去是好的）
否定	よくない（不好的）	よくなかった（過去是不好的）

2 娘は 一人（ で ） アメリカへ 行きます。

1 を　2 で　3 と　4 に

中譯 女兒一個人去美國。

解說 本題考「助詞」。助詞「で」的用法很多，本題的用法為「表示動作進行時的狀態」，也就是「一人で」（以一個人的狀態）去美國。

3 猫は （ あそこ ）に います。

1 あれ　2 あの　3 あそこ　4 あのかた

中譯 貓咪在那邊。

解說 本題考指示詞「こ・そ・あ・ど」系統中的「あ」。選項1是「あれ」（那個）；選項2是「あの」（那個～（後面須接續名詞））；選項3是「あそこ」（那裡）；選項4是「あのかた」（那位）。題目中看到表示「地點」的助詞「に」，所以答案是選項3。

4 （ 暑い ）ですから、クーラーを つけましょう。

1 あつい　2 あつく　3 あついく　4 あつくて

中譯 因為很熱，所以開冷氣吧！

解說 本題考「い形容詞的接續」。「暑い」（炎熱的）是い形容詞，「い形容詞＋です」時，不需要做任何變化，直接接續即可。

- 31 -

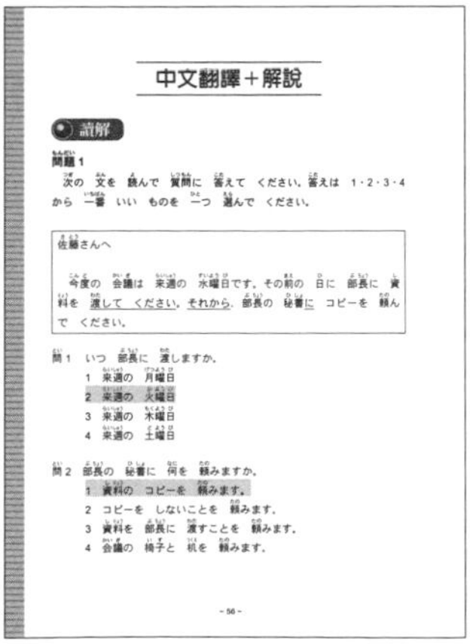

中文翻譯＋解說

讀解

問題 1

次の 文を 読んで 質問に 答えて ください。答えは 1・2・3・4 から 一番 いい ものを 一つ 選んで ください。

佐藤さんへ

今度の 会議は 来週の 水曜日です。その前の 日に 部長に 資料を 渡して ください。それから、部長の 秘書に コピーを 頼んで ください。

問1 いつ 部長に 渡しますか。

1 来週の 月曜日
2 来週の 火曜日
3 来週の 木曜日
4 来週の 土曜日

問2 部長の 秘書に 何を 頼みますか。

1 資料の コピーを 頼みます。
2 コピーを しないことを 頼みます。
3 資料を 部長に 渡すことを 頼みます。
4 会議の 椅子と 机を 頼みます。

- 56 -

目次

完成打 ✓

完成打 ✓

完成打 ✓

完成打 ✓

完成打 ✓

如何掃描 QR Code 下載音檔

1. 以手機內建的相機或是掃描 QR Code 的 App 掃描封面的 QR Code。
2. 點選「雲端硬碟」的連結之後，進入音檔清單畫面，接著點選畫面右上角的「三個點」。
3. 點選「新增至「已加星號」專區」一欄，星星即會變成黃色或黑色，代表加入成功。
4. 開啟電腦，打開您的「雲端硬碟」網頁，點選左側欄位的「已加星號」。
5. 選擇該音檔資料夾，點滑鼠右鍵，選擇「下載」，即可將音檔存入電腦。

詞性表（凡例）

◎丁寧形（敬體）

詞性	現在肯定	現在否定	過去肯定	過去否定
名詞	学生(がくせい)です	学生(がくせい)ではありません	学生(がくせい)でした	学生(がくせい)ではありませんでした
い形容詞	面白(おもしろ)いです	面白(おもしろ)くないです	面白(おもしろ)かったです	面白(おもしろ)くなかったです
な形容詞	元気(げんき)です	元気(げんき)ではありません	元気(げんき)でした	元気(げんき)ではありませんでした
第一類動詞	書(か)きます	書(か)きません	書(か)きました	書(か)きませんでした
第二類動詞	見(み)ます	見(み)ません	見(み)ました	見(み)ませんでした
第三類動詞	します	しません	しました	しませんでした
第三類動詞	来(き)ます	来(き)ません	来(き)ました	来(き)ませんでした

◎普通形（常體）

詞性	現在肯定	現在否定	過去肯定	過去否定
名詞	学生（がくせい）だ	学生（がくせい）ではない	学生（がくせい）だった	学生（がくせい）ではなかった
い形容詞	面白（おもしろ）い	面白（おもしろ）くない	面白（おもしろ）かった	面白（おもしろ）くなかった
な形容詞	元気（げんき）だ	元気（げんき）ではない	元気（げんき）だった	元気（げんき）ではなかった
第一類動詞	書（か）く	書（か）かない	書（か）いた	書（か）かなかった
第二類動詞	見（み）る	見（み）ない	見（み）た	見（み）なかった
第三類動詞	する	しない	した	しなかった
第三類動詞	来（く）る	来（こ）ない	来（き）た	来（こ）なかった

◎動詞活用形

活用形	第一類動詞	第二類動詞	第三類動詞	第三類動詞
辭書形	書(か)く	見(み)る	する	来(く)る
ます形	書(か)きます	見(み)ます	します	来(き)ます
ない形	書(か)かない	見(み)ない	しない	来(こ)ない
連用形	書(か)き	見(み)	し	来(き)
て形	書(か)いて	見(み)て	して	来(き)て
た形	書(か)いた	見(み)た	した	来(き)た
意向形	書(か)こう	見(み)よう	しよう	来(こ)よう
可能形	書(か)ける	見(み)られる	できる	来(こ)られる
假定形	書(か)けば	見(み)れば	すれば	来(く)れば
使役形	書(か)かせる	見(み)させる	させる	来(こ)させる
被動形	書(か)かれる	見(み)られる	される	来(こ)られる
使役被動形	書(か)かせられる 書(か)かされる	見(み)させられる	させられる	来(こ)させられる
命令形	書(か)け	見(み)ろ	しろ	来(こ)い
禁止形	書(か)くな	見(み)るな	するな	来(く)るな

◎名詞修飾形

詞性	現在肯定	現在否定	過去肯定	過去否定
名詞	学生(がくせい)の	学生(がくせい)ではない	学生(がくせい)だった	学生(がくせい)ではなかった
い形容詞	面白(おもしろ)い	面白(おもしろ)くない	面白(おもしろ)かった	面白(おもしろ)くなかった
な形容詞	元気(げんき)な	元気(げんき)ではない	元気(げんき)だった	元気(げんき)ではなかった
第一類動詞	書(か)く	書(か)かない	書(か)いた	書(か)かなかった
第二類動詞	見(み)る	見(み)ない	見(み)た	見(み)なかった
第三類動詞	する	しない	した	しなかった
第三類動詞	来(く)る	来(こ)ない	来(き)た	来(こ)なかった

01 天

考題

文字・語彙

1 おとうとは　富士こうこうの　<u>生徒</u>です。

1　せいか　　2　せいと　　3　がくせい　　4　がくと

2 スーパーで　<u>牛肉</u>と　りんごを　かいました。

1　うしにく　　2　うしにゅう

3　ぎゅうにく　　4　ぎゅうにゅう

3 さいふの　<u>中</u>に　おかねが　あります。

1　なか　　2　うち　　3　そと　　4　おく

4 あねは　<u>図書館</u>で　はたらいて　います。

1　ずしょしつ　　2　ずしょかん

3　としょしつ　　4　としょかん

5 <u>醤油</u>を　いっぽん　ください。

1　しょうゆ　　2　しゃうゆ　　3　しゅうゆ　　4　ちょうゆ

6 ははは　スーパーで　<u>働いて</u>　います。

1　はらたいて　　2　はばたいて

3　はみたいて　　4　はたらいて

7　（　　　　）で　かいしゃを　やすみました。

1　にく　　2　えき　　3　かぜ　　4　よる

8　にほんごがっこうで　カタカナを　（　　　　）。

1　おぼえました　　2　かいました

3　かえりました　　4　のりました

9　ちちは　まいあさ　しんぶんを　（　　　　）。

1　みます　　2　ひきます　　3　のみます　　4　よみます

10　でんしゃが　きます。（　　　　）ですから、さがって　ください。

1　きいろい　　2　やさしい　　3　きたない　　4　あぶない

文法

1　わたしは　まいにち　にほんご（　　　　）　べんきょうします。

1　を　　2　が　　3　に　　4　と

2　きのう　はは（　　　　）　デパートへ　いきました。

1　へ　　2　と　　3　で　　4　を

3　ぎんこうまで　くるま（　　　　）　二十分くらい　かかります。

1　に　　2　を　　3　で　　4　と

4　あには　ドイツじん（　　　　）　けっこんします。

1　と　　2　で　　3　に　　4　へ

5　（　　　　）ながら、あるいては　いけません。

1　たべる　　2　たべ　　3　たべて　　4　たべく

6　ちこくします。（　　　　）　でかけましょう。

1　はやい　　2　はやく　　3　はやめ　　4　はやさ

7　きょうは　（　　　　）　さむくないです。

1　とても　　2　だいたい　　3　そろそろ　　4　あまり

8　あれは　くうこうへ　（　　　　）バスですか。

1　いく　　2　いくの　　3　とぶ　　4　とぶの

9　これから　いえに　（　　　　）、ごはんを　つくります。

1　かえる　　2　かって　　3　かえって　　4　かいして

10　こうえんには　ひとが　だれも　（　　　　）。

1　あります　　2　ありません　3　います　　4　いません

解答

文字・語彙（每題 5 分）

1	2	3	4	5	6	7	8	9	10
2	3	1	4	1	4	3	1	4	4

文法（每題 5 分）

1	2	3	4	5	6	7	8	9	10
1	2	3	1	2	2	4	1	3	4

得分（滿分 100 分）

/100

中文翻譯＋解說

文字・語彙

1　弟(おとうと)は　富士高校(ふじこうこう)の　生徒(せいと)です。

1　せいか　　**2　せいと**　　3　がくせい　　4　がくと

中譯　弟弟是富士高中的學生。

2　スーパーで　牛肉(ぎゅうにく)と　りんごを　買(か)いました。

1　うしにく　　2　うしにゅう

3　ぎゅうにく　　4　ぎゅうにゅう

中譯　在超市買了牛肉和蘋果。

3　財布(さいふ)の　中(なか)に　お金(かね)が　あります。

1　なか　　2　うち　　3　そと　　4　おく

中譯　錢包裡有錢。

解說　本題考「方位」。選項1是「中(なか)」（〔空間的〕裡面）；選項2是「内(うち)」（〔時間或分量的〕裡面、〔空間的〕內部）；選項3是「外(そと)」（外面）；選項4是「奥(おく)」（深處）。「中(なか)」和「内(うち)」意思相似，但「完全密閉」的空間一定只能用「中(なか)」。

4　姉(あね)は　図書館(としょかん)で　働(はたら)いて　います。

1　ずしょしつ　　2　ずしょかん

3　としょしつ　　**4　としょかん**

中譯　姊姊在圖書館工作。

5　醤油(しょうゆ)を　一本(いっぽん)　ください。

1　しょうゆ　　2　しゃうゆ　　3　しゅうゆ　　4　ちょうゆ

中譯　請給我一瓶醬油。

6 母(はは)は　スーパーで　働(はたら)いて　います。

1　はらたいて　2　はばたいて　3　はみたいて　4　はたらいて

中譯　媽媽在超市上班。

7 （　風邪(かぜ)　）で　会社(かいしゃ)を　休(やす)みました。

1　にく　2　えき　3　かぜ　4　よる

中譯　因為感冒，跟公司請假了。

解說　本題考助詞「で」。「で」表示原因或理由，「休(やす)みました」（請假了）的理由或原因為何？所以答案只能是3「風邪(かぜ)」（感冒）。其餘選項：選項1是「肉(にく)」（肉）；選項2是「駅(えき)」（車站）；選項4是「夜(よる)」（晚上）。

8 日本語学校(にほんごがっこう)で　カタカナを　（　覚(おぼ)えました　）。

1　おぼえました　2　かいました

3　かえりました　4　のりました

中譯　在日語學校學會了片假名。

解說　本題考「動詞的過去式」。選項1是「覚(おぼ)えました」（學會了、記住了）；選項2是「買(か)いました」（買了）；選項3是「帰(かえ)りました」（回家了、回去了）；選項4是「乗(の)りました」（搭乘了）。

9 父(ちち)は　毎朝(まいあさ)　新聞(しんぶん)を　（　読(よ)みます　）。

1　みます　2　ひきます　3　のみます　4　よみます

中譯　爸爸每天早上看報紙。

解說　本題考「動詞」。選項1是「見(み)ます」（看）；選項2是「弾(ひ)きます」（彈、拉）；選項3是「飲(の)みます」（喝）；選項4是「読(よ)みます」（唸、讀、閱讀）。「看報紙」的固定用法是「新聞(しんぶん)を読(よ)みます」。

10 電車(でんしゃ)が　来(き)ます。（　危(あぶ)ない　）ですから、下(さ)がって　ください。

1　きいろい　　2　やさしい　　3　きたない　　4　あぶない

中譯　電車來了。因為很危險，請退後。

解說　本題考「い形容詞」。選項1是「黄色(きいろ)い」（黃色）；選項2是「優(やさ)しい」（溫柔的）或是「易(やさ)しい」（容易的）；選項3是「汚(きたな)い」（骯髒的）；選項4是「危(あぶ)ない」（危險的）。

文法

1 私(わたし)は　毎日(まいにち)　日本語(にほんご)（　を　）　勉強(べんきょう)します。

1　を　　2　が　　3　に　　4　と

中譯　我每天學習日語。

解說　本題考「助詞」。助詞「を」表示動作、作用的對象。「勉強(べんきょう)します」（學習）的對象是「日本語(にほんご)」（日語），所以答案是選項1「を」。

2 昨日(きのう)　母(はは)（　と　）　デパートへ　行(い)きました。

1　へ　　2　と　　3　で　　4　を

中譯　昨天和媽媽去百貨公司了。

解說　本題考「助詞」。助詞「と」表示共同動作、作用的對象，相當於中文的「和～」。

3 銀行(ぎんこう)まで　車(くるま)（　で　）　二十分(にじゅっぷん)くらい　かかります。

1　に　　2　を　　3　で　　4　と

中譯　搭車到銀行大約要花二十分鐘。

解說　本題考「助詞」。助詞「で」表示方法或手段，相當於中文的「搭～」。

4 兄(あに)は　ドイツ人(じん)（　と　）　結婚(けっこん)します。

1　と　　2　で　　3　に　　4　へ

中譯　哥哥和德國人結婚。

解說　本題考「助詞」。助詞「と」表示共同動作、作用的對象，相當於中文的「和～」。

5 （　食(た)べ　）ながら、歩(ある)いては　いけません。

1　たべる　　2　たべ　　3　たべて　　4　たべく

中譯　不可以邊吃邊走路。

解說　本題考接續助詞「ながら」的用法。動詞接續「ながら」時，變化為「動詞~~ます~~形＋ながら」，表示「一邊～一邊～」。所以要將動詞「食(た)べます」先去掉「ます」，再接續「ながら」，成為「食(た)べながら」（一邊吃，一邊～）。

6 遅刻(ちこく)します。（　はやく　）でかけましょう。

1　はやい　　2　はやく　　3　はやめ　　4　はやさ

中譯　會遲到。快點出門吧！

解說　本題考「詞性」。選項1是い形容詞「早(はや)い」（早的）或「速(はや)い」（迅速的）；選項2是副詞「早(はや)く」（快點）；選項3是名詞「早(はや)め」（提前）；選項4是名詞「速(はや)さ」（速度）。題目中的「でかけましょう」（出門吧）是動詞，其前面必須是副詞，用來修飾這個動詞，故答案為選項2。

7 今日(きょう)は　（　あまり　）　寒(さむ)くないです。

1　とても　　2　だいたい　　3　そろそろ　　4　あまり

中譯　今天不太冷。

解說　本題考「あまり～ない」（不太～）的用法。因為題目後面已經出現代表否定的「寒(さむ)くない」（不冷），所以毫無懸念，答案為選項4。

8 あれは 空港(くうこう)へ （ 行(い)く ）バスですか。

1 いく　　2 いくの　　3 とぶ　　4 とぶの

中譯 那是往機場的巴士嗎？

解說 本題考「動詞辭書形」的接續用法。「動詞辭書形＋名詞」時，該動詞用來修飾名詞，所以「行(い)くバス」意思為「去的巴士」。選項2多了「の」；選項3會變成「飛(と)ぶバス」（飛的巴士），文法對，但意思不對。選項4大錯特錯。

9 これから 家(いえ)に （ 帰(かえ)って ）、ご飯(はん)を 作(つく)ります。

1 かえる　　2 かって　　3 かえって　　4 かいして

中譯 接下來要回家做飯。

解說 本題考「動詞て形」的用法，「て」可用來連接前、後短句，表示動作先後的順序。動詞「帰(かえ)ります」（回家）的て形是「帰(かえ)って」（回家之後）。

10 公園(こうえん)には 人(ひと)が 誰(だれ)も （ いません ）。

1 あります　　2 ありません　　3 います　　4 いません

中譯 公園裡沒有半個人。

解說 本題考助詞「も」的句型。「疑問詞＋も＋否定句」為「完全否定」，意思為「～都沒有」或是「～都不」，所以答案一定要選否定，只有選項2和選項4有可能。又因為是沒有半個「人」，所以只能選表示「生物存在與否」的選項4「いません」（沒有人）。

考題

文字・語彙

1 これは　新しい　ぼうしです。

1 あたらしい　　2 あらたしい

3 しんらしい　　4 ちかたしい

2 わたしは　八百屋で　やさいを　かいます。

1 はちひゃくや　　2 はっぴゃくや

3 やおや　　4 やひゃくや

3 そのことは　せんせいから　聞きました。

1 かきました　　2 ききました

3 ふきました　　4 さきました

4 ここに　にほんの　ちずを　かいて　ください。

1 地場　　2 地図　　3 地理　　4 地所

5 きっぷを　二まい　かいました。

1 切附　　2 切紙　　3 切府　　4 切符

6 えきから　タクシーに　のりました。

1 搭りました　　2 載りました

3 乗りました　　4 上りました

7 （　　　）で　ゆうめいな　ひとの　ぶんしょうを　よみました。

1　しょうゆ　2　じてんしゃ　3　しゃしん　4　としょかん

8 このいすは　ふるいですが、（　　　）です。

1　げんき　2　べんり　3　じょうぶ　4　じょうず

9 のみものは　なにが　いちばん　（　　　）ですか。

1　すき　2　あき　3　ゆき　4　かき

10 いえの　まえに　タクシーが　（　　　）　います。

1　やすんで　2　すわって　3　とまって　4　のって

文法

1 きのうは　てんきが　（　　　）です。

1　いくなかった　2　いかなかった

3　よくなかった　4　よいくなかった

2 むすめは　ひとり（　　　）　アメリカへ　いきます。

1　を　2　で　3　と　4　に

3 ねこは　（　　　）に　います。

1　あれ　2　あの　3　あそこ　4　あのかた

4 （　　　）ですから、クーラーを　つけましょう。

1　あつい　2　あつく　3　あついく　4　あつくて

5 にちようびに　だれ（　　　　）　うちに　きますか。
1 を　　2 も　　3 は　　4 が

6 きのうは　いちにち（　　　　）　あめでした。
1 ちゅう　　2 じゅう　　3 なか　　4 あいだ

7 にほんごの　せんせいは　（　　　　）　やさしいです。
1 きれい　　2 きれいし　　3 きれいで　　4 きれいくて

8 それは　りょこうの　とき　（　　　　）しゃしんです。
1 とった　　2 はった　　3 しった　　4 いった

9 ともだちと　いっしょに　えいがを　（　　　　）　いきます。
1 みに　　2 みいて　　3 みる　　4 みた

10 こうえんに　こどもは　（　　　　）　いますか。
1 いくら　　2 いくつ　　3 なんこ　　4 なんにん

解答

文字・語彙（每題 5 分）

1	2	3	4	5	6	7	8	9	10
1	3	2	2	4	3	4	3	1	3

文法（每題 5 分）

1	2	3	4	5	6	7	8	9	10
3	2	3	1	4	2	3	1	1	4

得分（滿分 100 分）

/100

中文翻譯＋解說

文字・語彙

1 これは　新しい（あたらしい）　帽子（ぼうし）です。

1　あたらしい　2　あらたしい　3　しんらしい　4　ちかたしい

中譯　這個是新的帽子。

2 私（わたし）は　八百屋（やおや）で　野菜（やさい）を　買（か）います。

1　はちひゃくや　2　はっぴゃくや

3　やおや　4　やひゃくや

中譯　我在蔬菜店買蔬菜。

3 そのことは　先生（せんせい）から　聞（き）きました。

1　かきました　2　ききました　3　ふきました　4　さきました

中譯　那件事是從老師那邊聽到的。

解說　本題考「動詞的過去式」。選項1是「書（か）きました」（寫了）；選項2是「聞（き）きました」（聽了）；選項3是「拭（ふ）きました」（擦拭了）；選項4是「咲（さ）きました」（開〔花〕了）。

4 ここに　日本（にほん）の　地図（ちず）を　描（か）いて　ください。

1　地場　2　地図　3　地理　4　地所

中譯　請在這裡畫日本的地圖。

5 切符（きっぷ）を　二枚（にまい）　買（か）いました。

1　切附　2　切紙　3　切府　4　切符

中譯　買了二張車票。

6 駅(えき)から　タクシーに　乗(の)りました。

1　搭りました　　2　載りました

3　乗りました　　4　上りました

中譯　從車站搭上計程車了。

7 （　図書館(としょかん)　）で　有名(ゆうめい)な　人(ひと)の　文章(ぶんしょう)を　読(よ)みました。

1　しょうゆ　　2　じてんしゃ　　3　しゃしん　　4　としょかん

中譯　在圖書館讀了名人的文章。

解說　其餘選項：選項1是「醤油(しょうゆ)」（醬油）；選項2是「自転車(じてんしゃ)」（腳踏車）；選項3是「写真(しゃしん)」（照片）。

8 この椅子(いす)は　古(ふる)いですが、（　丈夫(じょうぶ)　）です。

1　げんき　　2　べんり　　3　じょうぶ　　4　じょうず

中譯　這張椅子雖然舊，但是很堅固。

解說　本題考「な形容詞」。選項1是「元気(げんき)」（有朝氣）；選項2是「便利(べんり)」（方便）；選項3是「丈夫(じょうぶ)」（堅固、健壯）；選項4是「上手(じょうず)」（厲害、擅長）。由於題目中的助詞「が」表示「逆接」，中文意思是「雖然～但是～」，所以答案是選項3，組合成「古(ふる)いですが、丈夫(じょうぶ)です。」（雖然很舊，但是很堅固。）

9 飲(の)み物(もの)は　何(なに)が　一番(いちばん)　（　好(す)き　）ですか。

1　すき　　2　あき　　3　ゆき　　4　かき

中譯　飲料中，最喜歡什麼呢？

解說　本題考「～が好(す)きです」（喜歡～）這個句型。

10 家(いえ)の　前(まえ)に　タクシーが　（　止(と)まって　）　います。

1　やすんで　　2　すわって　　3　とまって　　4　のって

中譯　家的前面停著計程車。

解說　本題考「動詞て形」。選項1是「休(やす)んで」（休息）；選項2是「座(すわ)って」（坐）；選項3是「止(と)まって」（停）或「泊(と)まって」（住宿）；選項4是「乗(の)って」（搭乘）。

文法

1 昨日(きのう)は　天気(てんき)が　（　よくなかった　）です。

1　いくなかった　　2　いかなかった
3　よくなかった　　4　よいくなかった

中譯　昨天天氣不好。

解說　本題考「い形容詞」的「否定」以及「時態」。「いい」（好的）為「い形容詞」，變化整理如下：

	現在	過去
肯定	いい（好的）	よかった（過去是好的）
否定	よくない（不好的）	よくなかった（過去是不好的）

2 娘(むすめ)は　一人(ひとり)（　で　）　アメリカへ　行(い)きます。

1　を　　2　で　　3　と　　4　に

中譯　女兒一個人去美國。

解說　本題考「助詞」。助詞「で」的用法很多，本題的用法為「表示動作進行時的狀態」，也就是「一人(ひとり)で」（以一個人的狀態）去美國。

3 猫(ねこ)は　（　あそこ　）に　います。

1　あれ　　2　あの　　3　あそこ　　4　あのかた

中譯　貓咪在那邊。

解說　本題考指示詞「こ・そ・あ・ど」系統中的「あ」。選項1是「あれ」（那個）；選項2是「あの」（那個～〔後面須接續名詞〕）；選項3是「あそこ」（那裡）；選項4是「あのかた」（那位）。題目中看到表示「地點」的助詞「に」，所以答案是選項3。

4 （　暑(あつ)い　）ですから、クーラーを　つけましょう。

1　あつい　　2　あつく　　3　あついく　　4　あつくて

中譯　因為很熱，所以開冷氣吧！

解說　本題考「い形容詞的接續」。「暑(あつ)い」（炎熱的）是い形容詞，「い形容詞＋です」時，不需要做任何變化，直接接續即可。

5 日曜日(にちようび)に　誰(だれ)（　が　）　家(うち)に　来(き)ますか。

1　を　　2　も　　3　は　　4　が

中譯 星期日誰會來家裡呢？

解說 本題考「助詞」。選項1的「を」表示「動作、作用的對象」；選項2的「も」意思是「也」；選項3的「は」用來「提示主題」；選項4的「が」接續在疑問詞的後面時，除了用來提示主詞之外，還可以用來強調詢問的內容。由於題目中已經看到「誰(だれ)」（誰）這個疑問詞，就知道答案是選項4。

6 昨日(きのう)は　一日(いちにち)（　中(じゅう)　）　雨(あめ)でした。

1　ちゅう　　2　じゅう　　3　なか　　4　あいだ

中譯 昨天一整天下雨。

解說 本題考「中」的讀音與用法。「中」有三種唸法，意思也不相同，整理如下：

①「なか」：名詞，意思為「內部、中間」，例如：「心(こころ)の中(なか)」（心中）。

②「じゅう」：接尾詞，表示時間、空間的「整個～」，例如：「学校(がっこう)中(じゅう)」（整個學校）、「一晩中(ひとばんじゅう)」（一整晚）。

③「ちゅう」：接尾詞，表示「正在～期間」，例如：「会議中(かいぎちゅう)」（會議中）。

7 日本語(にほんご)の　先生(せんせい)は　（　綺麗(きれい)で　）　優(やさ)しいです。

1　きれい　　2　きれいし　　3　きれいで　　4　きれいくて

中譯 日語老師又漂亮又溫柔。

解說 本題考「形容詞的中止形」。當一個句子裡有二個形容詞時，前面的那個形容詞必須變化成中止形，也就是以「～で」或是「～て」作為接續方式。「綺麗(きれい)」（漂亮）是「な形容詞」，「な形容詞的中止形」是「語幹＋で」，所以答案為選項3。

8 それは 旅行(りょこう)の 時(とき) （ 撮(と)った ）写真(しゃしん)です。

1 とった　　2 はった　　3 しった　　4 いった

中譯 那是旅行時拍的照片。

解說 本題考「動詞た形修飾名詞」，意思是「～了的」。選項1是「撮(と)った」（拍了的）；選項2是「貼(は)った」（貼了的）；選項3是「知(し)った」（知道了的）；選項4是「言(い)った」（說了的）。

9 友達(ともだち)と 一緒(いっしょ)に 映画(えいが)を （ 見(み)に ） 行(い)きます。

1 みに　　2 みいて　　3 みる　　4 みた

中譯 和朋友一起去看電影。

解說 本題考助詞「に」的句型。「名詞或是動詞ます形＋に＋移動動詞」用來表示動作的目的，中文為「為了～而～」。題目為「為了看電影而去」，所以要將動詞「見(み)ます」（看）去掉「ます」後，再加上助詞「に」，變成「見(み)に」，之後再加移動動詞「行(い)きます」（去）。

10 公園(こうえん)に 子供(こども)は （ 何人(なんにん) ） いますか。

1 いくら　　2 いくつ　　3 なんこ　　4 なんにん

中譯 公園裡小孩有幾個人呢？

解說 本題考「疑問詞」。選項1是「いくら」（多少錢）；選項2是「いくつ」（幾個、幾歲）；選項3是「何個(なんこ)」（幾個）；選項4是「何人(なんにん)」（幾個人）。

03 天

考題

文字・語彙

1 <u>茶碗</u>を　あらって　ください。

1　ちゃおん　　2　ちゃかん　　3　ちゃらん　　4　ちゃわん

2 きょうは　あまり　いい　<u>天気</u>では　ありません。

1　てんき　　2　でんき　　3　てんち　　4　でんち

3 もう　いちど　<u>言って</u>　ください。

1　きって　　2　しって　　3　わって　　4　いって

4 <u>もん</u>の　まえに　だれか　たって　います。

1　間　　2　門　　3　問　　4　開

5 わたしの　にほんごは　<u>じょうず</u>では　ありません。

1　上口　　2　上目　　3　上手　　4　上足

6 <u>しょくじ</u>を　しながら、おさけを　のみませんか。

1　食飲　　2　食事　　3　飲食　　4　事食

7 外で　いぬが　（　　　　）　います。

1　なって　　2　かって　　3　ふいて　　4　ないて

8 ははの　おとこの　きょうだいは　（　　　　）です。

1　おじさん　2　おばさん　3　おじいさん　4　おばあさん

9 きのうは　あたまが　（　　　　）、しごとを　しませんでした。

1　はやくて　2　いたくて　3　しろくて　4　よわくて

10 あさは　だいたい　九じに　（　　　　）。

1　ききます　2　かきます　3　あきます　4　おきます

文法

1 また　あそび（　　　　）　きて　くださいね。

1　に　2　で　3　を　4　も

2 あには　まいにち　ギターを　（　　　　）　います。

1　かけて　2　ひいて　3　たべて　4　あらって

3 くろい　ペン（　　　　）　かいて　ください。

1　は　2　と　3　へ　4　で

4 ちちは　まいにち　スポーツを　して　いますから、
（　　　　）　げんきです。

1　じょうぶ　2　じょうぶな　3　じょうぶで　4　じょうぶだ

5 わたしは　えいごが　すきですが、（　　　　）。

1　じょうずです　2　じょうずでした

3　じょうずないです　4　じょうずじゃありません

6 いっしょに　おちゃを　（　　　　）ませんか。

1　のむ　　2　のみ　　3　のんで　　4　のんだ

7 あたらしい　家は　スーパーが　（　　　　）　あるから、べんりです。

1　ちかい　　2　ちかくて　　3　ちかくに　　4　ちかいし

8 わたしの　いえは　あまり　（　　　　）ないです。

1　おおき　　2　おおきい　　3　おおきく　　4　おおきくて

9 しょくじの　（　　　　）　てを　あらいます。

1　まえで　　2　まえに　　3　まえとき　　4　まえなか

10 からだに　よくないですから、タバコは　（　　　　）　ください。

1　すわないで　2　たべないで　3　のまないで　4　やめないで

解答

文字・語彙（每題 5 分）

1	2	3	4	5	6	7	8	9	10
4	1	4	2	3	2	4	1	2	4

文法（每題 5 分）

1	2	3	4	5	6	7	8	9	10
1	2	4	3	4	2	3	3	2	1

得分（滿分 100 分）

/100

中文翻譯＋解說

文字・語彙

1 茶碗を　洗って　ください。

1　ちゃおん　　2　ちゃかん　　3　ちゃらん　　4　ちゃわん

中譯　請洗碗。

2 今日は　あまり　いい　天気では　ありません。

1　てんき　　2　でんき　　3　てんち　　4　でんち

中譯　今天天氣不太好。

3 もう　一度　言って　ください。

1　きって　　2　しって　　3　わって　　4　いって

中譯　請再說一次。

解說　本題考「動詞て形」。選項1是「切って」（切、剪）；選項2是「知って」（知道）；選項3是「割って」（切、劈）；選項4是「言って」（說）。

4 門の　前に　誰か　立って　います。

1　間　　2　門　　3　問　　4　開

中譯　是不是有誰站在門前。

5 私の　日本語は　上手では　ありません。

1　上口　　2　上目　　3　上手　　4　上足

中譯　我的日文不好。

6 食事を　しながら、お酒を　飲みませんか。

1　食飲　　2　食事　　3　飲食　　4　事食

中譯　要不要一邊吃飯、一邊喝酒呢？

7 外で　犬が　（　鳴いて　）　います。

1　なって　　2　かって　　3　ふいて　　4　ないて

中譯　外面狗在叫著。

解說　本題考單字，但必須知道「動詞て形」的變化規則才能解題。選項1是「鳴って」，辭書形是「鳴る」（〔鐘、雷〕鳴、響）；選項2是「買って」，辭書形是「買う」（買）；選項3是「吹いて」，辭書形是「吹く」（吹）；選項4是「鳴いて」，辭書形是「鳴く」（〔鳥、獸、蟲〕叫、鳴）。狗在叫一定是「鳴く」，所以答案為選項4。

8 母の　男の　兄弟は　（　おじさん　）です。

1　おじさん　　2　おばさん　　3　おじいさん　　4　おばあさん

中譯　媽媽的男性的兄弟是舅舅。

解說　本題考「稱謂」。選項1是「おじさん」（伯父、叔父、舅父）；選項2是「おばさん」（姑母、姨母）；選項3是「おじいさん」（爺爺、老伯伯）；選項4是「おばあさん」（奶奶、老婆婆）。背誦單字時，要留心有沒有長音。

9 昨日は　頭が　（　痛くて　）、仕事を　しませんでした。

1　はやくて　　2　いたくて　　3　しろくて　　4　よわくて

中譯　昨天頭痛，沒有工作。

解說　本題考「い形容詞的て形」。選項1是「早くて」（早）；選項2是「痛くて」（痛）；選項3是「白くて」（白）；選項4是「弱くて」（弱）。

10 朝(あさ)は　だいたい　九時(くじ)に　（　起(お)きます　）。

1　ききます　2　かきます　3　あきます　4　おきます

中譯　早上大概都九點起床。

解說　本題考「動詞」。選項1是「聞(き)きます」（聽、問）；選項2是「書(か)きます」（寫）；選項3是「開(あ)きます」（開）；選項4是「起(お)きます」（起床）。

文法

1 また　遊(あそ)び（　に　）　来(き)て　くださいね。

1　に　2　で　3　を　4　も

中譯　請再來玩喔！

解說　本題考助詞「に」的句型。「名詞或是動詞~~ます~~形＋に＋移動動詞」用來表示動作的目的，中文為「為了～而～」。

2 兄(あに)は　毎日(まいにち)　ギターを　（　弾(ひ)いて　）　います。

1　かけて　2　ひいて　3　たべて　4　あらって

中譯　哥哥每天彈吉他。

解說　本題考「動詞て形」。選項1是「かけて」（掛、花費）；選項2是「弾(ひ)いて」（彈、拉）；選項3是「食(た)べて」（吃）；選項4是「洗(あら)って」（洗）。

3 黒(くろ)い　ペン（　で　）　書(か)いて　ください。

1　は　2　と　3　へ　4　で

中譯　請用黑色的筆寫。

解說　本題考「助詞」。助詞「で」的用法很多，本題為「手段、方法」，所以「黒(くろ)いペンで」就是「用黑色的筆」。

4　父(ちち)は　毎日(まいにち)　スポーツを　して　いますから、（　丈夫(じょうぶ)で　）　元気(げんき)です。

1　じょうぶ　　2　じょうぶな　　**3　じょうぶで**　　4　じょうぶだ

中譯　父親每天做運動，所以既健康又有朝氣。

解說　本題考「な形容詞的中止形」。當一個句子裡有二個形容詞時，前面的那個形容詞必須變化成中止形，也就是以「～で」或是「～て」作為接續方式。「な形容詞的中止形」是「語幹＋で」，所以答案為選項3。

5　私(わたし)は　英語(えいご)が　好(す)きですが、（　上手(じょうず)じゃありません　）。

1　じょうずです　　2　じょうずでした

3　じょうずないです　　**4　じょうずじゃありません**

中譯　我喜歡英文，但是不厲害。

解說　本題考「な形容詞」的「否定」以及「時態」。「上手(じょうず)」（厲害、擅長）為「な形容詞」，變化整理如下：

	現在	過去
肯定	上手(じょうず)です （厲害、擅長）	上手(じょうず)でした （過去厲害、過去擅長）
否定	上手(じょうず)じゃありません （不厲害、不擅長）	上手(じょうず)じゃありませんでした （過去不厲害、過去不擅長）

題目中的助詞「が」表示「逆接」，中文意思是「雖然～但是～」，所以答案要選擇「現在否定」，也就是選項4。

6　一緒(いっしょ)に　お茶(ちゃ)を　（　飲(の)み　）ませんか。

1　のむ　　**2　のみ**　　3　のんで　　4　のんだ

中譯　要不要一起喝個茶呢？

解說　本題考「動詞ます形」的句型。「動詞~~ます~~形＋ませんか」用來表示「邀約」，中文為「要不要～呢？」。所以要將「飲(の)みます」（喝）這個動詞，先去掉「ます」，變成「飲(の)み」，才能接續「ませんか」。

7 新しい　家は　スーパーが　（　近くに　）　あるから、便利です。

1　ちかい　2　ちかくて　3　ちかくに　4　ちかいし

中譯　新家在附近就有超市，所以很方便。

解說　本題考助詞「に」的句型。「地點＋に＋存在動詞」用來表示人或物存在的地點，中文可翻譯為「在～」。題目中的「ある」（有、在）為存在動詞，名詞「近く」（附近）為地點，所以答案為選項3。

8 私の　家は　あまり　（　大きく　）ないです。

1　おおき　2　おおきい　3　おおきく　4　おおきくて

中譯　我家不太大。

解說　由於題目中有「あまり～ない」（不太～）的句型，所以本題考「い形容詞」的「否定」。「大きい」（大的）的否定為「去い＋くない」，變成「大きくない」（不大的）。

9 食事の　（　前に　）　手を　洗います。

1　まえで　2　まえに　3　まえとき　4　まえなか

中譯　用餐之前洗手。

解說　本題考助詞「に」的句型。「名詞＋の＋前に」用來表示時間或空間的關係，中文可翻譯為「在～之前」。

10 体に　よくないですから、タバコは　（　吸わないで　）　ください。

1　すわないで　2　たべないで　3　のまないで　4　やめないで

中譯　因為對身體不好，所以請不要抽菸。

解說　本題考「動詞ない形的相關句型」，「動詞ない形＋で＋ください」意思是「請不要～」。選項1是「吸わないで」（不要抽、不要吸）；選項2是「食べないで」（不要吃）；選項3是「飲まないで」（不要喝）；選項4是「止めないで」（不要停、不要戒）。

考題

文字・語彙

1 飴を　五こ　ください。

1　あま　2　あき　3　あし　4　あめ

2 はなが　きれいに　咲いて　います。

1　さいて　2　きいて　3　あいて　4　ひいて

3 なにか　質問が　ありますか。

1　しつとい　2　じつとい　3　しつもん　4　じつもん

4 はるに　なって、はなが　さきました。

1　春　2　夏　3　秋　4　冬

5 ちちは　しゅうに　五か　はたらきます。

1　月　2　日　3　週　4　年

6 はこの　なかに　ぜんぶで　十こ　あります。

1　全分　2　全部　3　合分　4　合部

7 わたしと　あねは　（　　　　）　えいがを　みに　いきます。

1　あまり　2　とても　3　よく　4　ぜんぶ

8 わたしの　たんじょうびに　（　　　　）を　ひいて　くださいませんか。

1　グラス　　2　テレビ　　3　マッチ　　4　ピアノ

9 ようふくは　デパートの　五（　　　　）に　あります。

1　さい　　2　かい　　3　ほん　　4　だい

10 あの子は　（　　　　）を　もって、たべることが　できます。

1　いぬ　　2　はこ　　3　はし　　4　しお

文法

1 ここは　びじゅつかんです。（　　　　）　して　ください。

1　しずか　　2　しずかな　　3　しずかで　　4　しずかに

2 このビールは　（　　　　）　おいしいです。

1　つめたくて　　2　やさしくて

3　ふるくて　　4　さむくて

3 おなかが　いたいですから、なに（　　　　）　たべたくありません。

1　も　　2　を　　3　で　　4　が

4 コピーは　ひしょ（　　　　）　たのみました。

1　に　　2　で　　3　の　　4　か

5 このあと　（　　　　）が　あります。

1　ようじ　　2　ようこ　　3　ようす　　4　ように

6 まどが　（　　　　）　いますから、あついです。

1　しめて　　2　しまって　　3　ついて　　4　つけて

7 きのう　（　　　　）ケーキは　とても　おいしかったです。

1　たべ　　2　たべる　　3　たべた　　4　たべて

8 バスは　でんしゃ（　　　　）　おそいです。

1　より　　2　まで　　3　でも　　4　ほど

9 あさは　コーヒー（　　　　）　のみます。

1　ころ　　2　まだ　　3　しか　　4　だけ

10 きのうは　（　　　　）　やすみましたか。

1　どんな　　2　どちら　　3　どなた　　4　どうして

解答

文字・語彙（每題 5 分）

1	2	3	4	5	6	7	8	9	10
4	1	3	1	3	2	3	4	2	3

文法（每題 5 分）

1	2	3	4	5	6	7	8	9	10
4	1	1	1	1	2	3	1	4	4

得分（滿分 100 分）

/100

中文翻譯＋解說

文字・語彙

1 飴を　五個　ください。

1　あま　　2　あき　　3　あし　　4　あめ

中譯　請給我五顆糖果。

2 花が　綺麗に　咲いて　います。

1　さいて　　2　きいて　　3　あいて　　4　ひいて

中譯　花開得很漂亮。

3 何か　質問が　ありますか。

1　しつとい　　2　じつとい　　3　しつもん　　4　じつもん

中譯　有什麼提問嗎？

4 春に　なって、花が　咲きました。

1　春　　2　夏　　3　秋　　4　冬

中譯　春天一到，花就開了。

解說　其餘選項發音：選項2是「夏」（夏天）；選項3是「秋」（秋天）；選項4是「冬」（冬天）。

5 父は　週に　五日　働きます。

1　月　　2　日　　3　週　　4　年

中譯　爸爸一週工作五天。

6　箱の　中に　<u>全部</u>で　十個　あります。

1　全分　　**2　全部**　　3　合分　　4　合部

中譯　盒子裡面總共有十個。

7　私と　姉は　（　よく　）　映画を　見に　行きます。

1　あまり　　2　とても　　**3　よく**　　4　ぜんぶ

中譯　我和姊姊常去看電影。

解說　本題考「副詞」。選項1是「あまり」，後面可接續否定，形成「あまり～ない」（不太～）的句型；選項2是「とても」（非常）；選項3是「よく」（經常、好好地）；選項4是「全部」（全部）。

8　私の　誕生日に　（　ピアノ　）を　弾いて　くださいませんか。

1　グラス　　2　テレビ　　3　マッチ　　**4　ピアノ**

中譯　可以在我生日時為我彈鋼琴嗎？

解說　本題考「外來語」。選項1是「グラス」（玻璃〔用品〕）；選項2是「テレビ」（電視）；選項3是「マッチ」（火柴）；選項4是「ピアノ」（鋼琴）。

9　洋服は　デパートの　五（　階　）に　あります。

1　さい　　**2　かい**　　3　ほん　　4　だい

中譯　衣服是在百貨公司的五樓。

解說　本題考「數量詞」。選項1是「歳」（～歲）；選項2是「階」（～樓）；選項3是「本」（～枝、～瓶）；選項4是「台」（～台、～輛）。

10　あの子は　（　箸　）を　持って、食べることが　できます。

1　いぬ　　2　はこ　　**3　はし**　　4　しお

中譯　那個孩子可以拿筷子吃東西。

解說　本題考「名詞」。選項1是「犬」（狗）；選項2是「箱」（箱子、盒子）；選項3是「箸」（筷子）或「橋」（橋）；選項4是「塩」（鹽）。可以當成「持って」（拿）這個動作的對象的名詞，只有選項3「箸」（筷子）。

文法

1 ここは　美術館(びじゅつかん)です。（　静(しず)かに　）　して　ください。

1　しずか　　2　しずかな　　3　しずかで　　4　しずかに

中譯 這裡是美術館。請安靜。

解說 本題考「な形容詞」的接續。「静(しず)か」（安靜）是な形容詞，「して」（做～）是動詞。な形容詞要修飾動詞時，必須變化成副詞。變化成副詞的方式為「語幹＋に」，也就是「静(しず)か＋に」。

2 このビールは　（　冷(つめ)たくて　）　おいしいです。

1　つめたくて　2　やさしくて　3　ふるくて　4　さむくて

中譯 這啤酒冰冰涼涼的，很好喝。

解說 本題考「い形容詞的中止形」。當一個句子裡有二個形容詞時，前面的那個形容詞必須變化成中止形，也就是以「～で」或是「～て」作為接續方式。「冷(つめ)たい」（冰涼的）是い形容詞。い形容詞的「中止形」是「～~~い~~＋くて」，也就是要將「冷(つめ)たい」先去掉「い」，再加上「くて」，所以答案為選項1「冷(つめ)たくて」。

其餘選項：選項2是「優(やさ)しくて」（溫柔的）；選項3是「古(ふる)くて」（老舊的）；選項4「寒(さむ)くて」（（天氣）寒冷的）。

3 お腹(なか)が　痛(いた)いですから、何(なに)（　も　）　食(た)べたくありません。

1　も　　2　を　　3　で　　4　が

中譯 因為肚子痛，所以什麼都不想吃。

解說 本題考助詞「も」的句型。「疑問詞＋も＋否定句」為「完全否定」，意思為「～都沒有」或是「～都不～」。

4 コピーは　秘書(ひしょ)（　に　）　頼(たの)みました。

1　に　　2　で　　3　の　　4　か

中譯 影印拜託秘書了。

解說 本題考「助詞」。助詞「に」的用法很多，其中有一種是表示「承受動作的對象」，中文可翻譯成「給～、向～」，如題目中，「秘書（ひしょ）」（祕書）是「頼（たの）みました」（請託了）的對象，所以答案為選項1。

5 このあと （ 用事（ようじ） ）が あります。

1 ようじ　2 ようこ　3 ようす　4 ように

中譯 等一下有事情。

解說 「用事（ようじ）があります」是「有事情」。

6 窓（まど）が （ 閉（し）まって ） いますから、暑（あつ）いです。

1 しめて　2 しまって　3 ついて　4 つけて

中譯 因為窗戶關著，所以很熱。

解說 本題考「自動詞」和「他動詞」，請搭配助詞「が」或「を」一起記憶。選項1「閉（し）めて」（把～關閉）是他動詞，例如：「窓（まど）を閉（し）める」（把窗戶關上）；選項2「閉（し）まって」（關閉）是自動詞，例如：「デパートが閉（し）まった」（百貨公司關門了）；選項3「ついて」（開、點）是自動詞，例如：「電気（でんき）がついた」（電燈亮了）；選項4「つけて」（把～點亮）是他動詞，例如：「火（ひ）をつける」（點火）。

7 昨日（きのう） （ 食（た）べた ）ケーキは とても おいしかったです。

1 たべ　2 たべる　3 たべた　4 たべて

中譯 昨天吃了的蛋糕非常美味。

解說 本題考「動詞接續名詞」的方法。當動詞要修飾名詞時，必須使用「常體」，此時中文翻譯成「～的」。以本題「食（た）べる」（吃）為例，只有以下四種可能：

現在肯定	現在否定	過去肯定	過去否定
食（た）べる（吃）	食（た）べない（不吃）	食（た）べた（吃了）	食（た）べなかった（過去沒吃）

題目中句尾的「おいしかったです」（好吃的）為過去式，表示吃了蛋糕之後覺得美味，所以答案要選「過去肯定」的「食（た）べた」（吃了的）。

8 バスは 電車（でんしゃ）（ より ） 遅（おそ）いです。

1 より　2 まで　3 でも　4 ほど

中譯 巴士比電車慢。

解說 本題考「助詞」。選項1是「より」（比起～）；選項2是「まで」（到～為止）；選項3是「でも」（就算～）；選項4是「ほど」（到～程度）。

9 朝（あさ）は コーヒー（ だけ ） 飲（の）みます。

1 ころ　2 まだ　3 しか　4 だけ

中譯 早上只喝咖啡。

解說 本題考「助詞」。選項1是名詞「ころ」（～前後）；選項2是副詞「まだ」（尚～、還～）；選項3是助詞「しか」，後面要接續否定相呼應，形成「しか～ない」（只有～）；選項4是助詞「だけ」（只有～）。就意義上來說，選項3和4的「只有」都是候選答案，但由於考題中的句尾沒有否定，故答案只能是選項4。

10 昨日（きのう）は （ どうして ） 休（やす）みましたか。

1 どんな　2 どちら　3 どなた　4 どうして

中譯 昨天為什麼請假呢？

解說 本題考「疑問詞」。選項1是「どんな」（什麼樣的～；後面必須接續名詞）；選項2是「どちら」（哪邊、哪裡、哪一位、哪個）；選項3是「どなた」（哪一位）；選項4是「どうして」（為什麼）。

05 天

考題

讀解

もんだい1

つぎの　ぶんを　読んで　しつもんに　こたえて　ください。こたえは　1・2・3・4から　いちばん　いい　ものを　一つ　えらんで　ください。

さとうさんへ こんどの　会議は　らいしゅうの　すいようびです。その前の日に　ぶちょうに　しりょうを　わたして　ください。それから、ぶちょうの　秘書に　コピーを　たのんで　ください。

問1　いつ　ぶちょうに　わたしますか。

1　らいしゅうの　げつようび
2　らいしゅうの　かようび
3　らいしゅうの　もくようび
4　らいしゅうの　どようび

問2　ぶちょうの　秘書に　なにを　たのみますか。

1　しりょうの　コピーを　たのみます。
2　コピーを　しないことを　たのみます。
3　しりょうを　ぶちょうに　わたすことを　たのみます。
4　会議の　いすと　つくえを　たのみます。

もんだい２

つぎの　ぶんを　読んで　しつもんに　こたえて　ください。こたえは　1・2・3・4から　いちばん　いい　ものを　一つ　えらんで　ください。

わたしは　今日、母と　デパートへ　買物に　行きました。あさっては　父の　たんじょうびです。二人で　青の　ネクタイを　買いました。シャツも　買いたかったです。でも、高いから　買いませんでした。

問1　「わたし」は　今日、どこで　何を　しましたか。

1　母と　デパートへ　行きました。

2　母と　買物を　しました。

3　デパートで　買物を　しました。

4　デパートで　何も　買いませんでした。

問2　「わたし」は　何が　買いたかったですか。

1　ネクタイだけ　買いたかったです。

2　ネクタイと　シャツが　買いたかったです。

3　ほんとうは　シャツだけ　買いたかったです。

4　青の　ネクタイしか　買いたくなかったです。

聴解

もんだい１ MP3-01

もんだい１では　はじめに　しつもんを　きいて　ください。それから　はなしを　きいて、もんだいようしの　１から　４の　なかから、いちばん　いい　ものを　ひとつ　えらんで　ください。

1　テーブルの　うえ
2　テーブルの　した
3　テーブルの　よこ
4　テーブルの　なか

もんだい２

もんだい２では　はじめに　しつもんを　きいて　ください。そして　１から　３の　なかから、いちばん　いい　ものを　ひとつ　えらんで　ください。

1 ばん MP3-02　① ② ③
2 ばん MP3-03　① ② ③
3 ばん MP3-04　① ② ③

もんだい３

もんだい３では　ぶんを　きいて、１から　３の　なかから、いちばん　いい　ものを　ひとつ　えらんで　ください。

1 ばん MP3-05　① ② ③
2 ばん MP3-06　① ② ③
3 ばん MP3-07　① ② ③

解答

讀解

問題 1（每題 9 分）

1	2
2	1

問題 2（每題 9 分）

1	2
3	2

聽解

問題 1（每題 10 分）

2

問題 2（每題 9 分）

1	2	3
2	1	2

問題 3（每題 9 分）

1	2	3
2	1	3

得分（滿分 100 分）

/100

05
天

中文翻譯＋解說

讀解

問題1

次の 文を 読んで 質問に 答えて ください。答えは 1・2・3・4 から 一番 いい ものを 一つ 選んで ください。

> 佐藤さんへ
>
> 今度の 会議は 来週の 水曜日です。その前の 日に 部長に 資料を 渡して ください。それから、部長の 秘書に コピーを 頼んで ください。

問1 いつ 部長に 渡しますか。

1 来週の 月曜日
2 来週の 火曜日
3 来週の 木曜日
4 来週の 土曜日

問2 部長の 秘書に 何を 頼みますか。

1 資料の コピーを 頼みます。
2 コピーを しないことを 頼みます。
3 資料を 部長に 渡すことを 頼みます。
4 会議の 椅子と 机を 頼みます。

中譯

致佐藤先生

下次的會議是下週三。請在前一天將資料交給部長。然後，請拜託部長的秘書影印。

問1　什麼時候要交給部長呢？

1　下週一

2　下週二

3　下週四

4　下週六

問2　要拜託部長的祕書什麼呢？

1　拜託資料的影印。

2　拜託不要影印。

3　拜託把資料交給部長。

4　拜託會議的椅子和桌子。

解說

- 渡（わた）してください：請交給～。「動詞て形＋ください」意思是「請～」。
- それから：然後。
- に：表示動作、作用承受的對象。

問題（もんだい）2

次（つぎ）の　文（ぶん）を　読（よ）んで　質問（しつもん）に　答（こた）えて　ください。答（こた）えは　1・2・3・4から　一番（いちばん）　いい　ものを　一（ひと）つ　選（えら）んで　ください。

私（わたし）は　今日（きょう）、母（はは）と　デパートへ　買物（かいもの）に　行（い）きました。あさっては父（ちち）の　誕生日（たんじょうび）です。二人（ふたり）で　青（あお）の　ネクタイを　買（か）いました。シャツも買（か）いたかったです。でも、高（たか）いから　買（か）いませんでした。

問（とい）1　「私（わたし）」は　今日（きょう）、どこで　何（なに）を　しましたか。

1　母（はは）と　デパートへ　行（い）きました。

2　母（はは）と　買物（かいもの）を　しました。

3　デパートで　買物（かいもの）を　しました。

4　デパートで　何（なに）も　買（か）いませんでした。

問（とい）2　「私（わたし）」は　何（なに）が　買（か）いたかったですか。

1　ネクタイだけ　買（か）いたかったです。

2　ネクタイと　シャツが　買（か）いたかったです。

3　ほんとうは　シャツだけ　買（か）いたかったです。

4　青（あお）の　ネクタイしか　買（か）いたくなかったです。

中譯

我今天和媽媽去百貨公司購物了。後天是爸爸的生日。二人買了藍色的領帶。也想買襯衫。但是，因為太貴了，所以沒有買。

問1　「我」今天在哪裡、做了什麼呢？

1　和媽媽去了百貨公司。

2　和媽媽買了東西。

3　在百貨公司買了東西。

4　在百貨公司什麼都沒買。

問2　「我」想買什麼東西呢？

1　只想買領帶。

2　想買領帶和襯衫。

3　其實只想買襯衫。

4　只想買藍色的領帶。

解說

- と：和～。
- へ：到～去。
- に：表動作的目的。
- も：也。
- 買いたかった：「買いたい」（想買）的過去式。
- でも：但是。
- から：因為～所以～。
- だけ：只有。
- しか～なかった：（過去）只有。

聽解

問題 1　MP3-01

問題1では　初めに　質問を　聞いて　ください。それから　話を　聞いて、問題用紙の　1から　4の　中から、一番　いい　ものを　一つ　選んで　ください。

男の　人と　女の　人が　話して　います。女の　人の　辞書は　どこに　ありましたか。

女：私の　辞書を　見ましたか。

男：これですか。

女：いいえ、違います。あっ、あれです。

男：どれですか。

女：テーブルの　横です。

男：横（よこ）ですか。

女：間違（まちが）えました。下（した）です。テーブルの　下（した）です。

女（おんな）の　人（ひと）の　辞書（じしょ）は　どこに　ありましたか。

1　テーブルの　上（うえ）

2　テーブルの　下（した）

3　テーブルの　横（よこ）

4　テーブルの　中（なか）

中譯

男人和女人正在說話。女人的字典在哪裡呢？

女：有看到我的字典嗎？

男：這個嗎？

女：不，不是。啊，是那個。

男：哪一個呢？

女：桌子的旁邊。

男：旁邊嗎？

女：弄錯了。是下面。桌子的下面。

女人的字典在哪裡呢？

1　桌子的上面

2　桌子的下面

3　桌子的旁邊

4　桌子的裡面

問題 2

問題２では　初めに　質問を　聞いて　ください。そして　１から　３の　中から、一番　いい　ものを　一つ　選んで　ください。

1 番 MP3-02

先生に　辞書を　借りたいです。何と　言いますか。

1　その辞書を　私に　貸しましょう。

2　その辞書を　貸して　くださいませんか。

3　その辞書を　貸して、ありがとう　ございます。

中譯

想跟老師借字典。要說什麼呢？

1　把那字典借我吧！

2　可不可以請您把那字典借我呢？

3　謝謝您借我那字典。

解說

站在主詞的角度，「借ります」（借入）是向別人借東西；「貸します」（借出）是借東西給別人。「動詞て形＋くださいませんか」意思是「可不可以請您～」。

2 番 MP3-03

ご飯を　食べた後、何と　言いますか。

1　ごちそうさまでした。

2　いただきます。

3　いってきます。

中譯

吃完飯後，要說什麼呢？

1　我吃飽了。（謝謝招待。）

2　開動了。

3　我出門了。

3番（ばん） MP3-04

男（おとこ）の　人（ひと）が　「はじめまして。どうぞ　よろしく」と　言（い）いました。女（おんな）の人（ひと）は　何（なん）と　言（い）いますか。

1　どういたしまして。

2　こちらこそ。

3　おかげさまで。

中譯

男人說了：「初次見面。請多多指教。」女人要說什麼呢？

1　不客氣。

2　我才是。（彼此彼此。）

3　託您的福。

問題（もんだい）3

問題（もんだい）3では　文（ぶん）を　聞（き）いて、1から　3の　中（なか）から、一番（いちばん）　いい　ものを　一（ひと）つ　選（えら）んで　ください。

1番（ばん） MP3-05

男：疲（つか）れましたね。休（やす）みませんか。

女：1　そうしません。

2　そうしましょう。

3　げんきです。

中譯

男：很累了吧。要不要休息呢？

女：1　不那樣做。

2　就那樣吧！

3　我很健康。

解說

「～ませんか」（要不要～呢？）是用來邀約對方的句型。「～ましょう」（～吧！）則是同意對方邀約的句型。

2 番（ばん） MP3-06

女：今日（きょう）は　何日（なんにち）ですか。

男：1　四日（よっか）です。

　　2　四時（よじ）です。

　　3　四月（しがつ）です。

中譯

女：今天是幾號呢？

男：1　四號。

　　2　四點。

　　3　四月。

解說

注意以上日文漢字的「四」，分別有不同的唸法。

3 番（ばん） MP3-07

男：いつも　何時（なんじ）に　会社（かいしゃ）へ　来（き）ますか。

女：1　電車（でんしゃ）で　来（き）ます。

　　2　八人（はちにん）です。

　　3　八時半（はちじはん）です。

中譯

男：平時都幾點來公司呢？

女：1　搭電車來。

　　2　八個人。

　　3　八點半。

06 天

考題

文字・語彙

1　すみません、たまごを　八つ　ください。

1　みっつ　　2　よっつ　　3　やっつ　　4　はっつ

2　大使館まで　あるいて　いきます。

1　おおつかん　　2　おおしがん

3　だいしかん　　4　たいしかん

3　ともだちに　お金を　かりました。

1　おかね　　2　おがね　　3　おきん　　4　おぎん

4　おとうとは　せが　とても　たかいです。

1　背　　2　腰　　3　体　　4　足

5　きのう　ともだちから　かさを　かりました。

1　朋友　　2　朋人　　3　友達　　4　友人

6　こどもが　なんにん　いますか。

1　子共　　2　子供　　3　子友　　4　子伴

7　いもうとは　ときどき　（　　　　）を　きいて　います。

1　ストーブ　　2　レコード

3　スカート　　4　セーター

8 わたしは　いつも　じぶんで　ようふくを　（　　　　）します。
1　けっこん　2　れんしゅう　3　りょこう　4　せんたく

9 にほんの　りんごは　がいこくで　とても　（　　　　）です。
1　ゆうめい　2　りっぱ　3　けっこう　4　いろいろ

10 きょうは　あついですから、外に　（　　　　）ありません。
1　みたく　2　ひきたく　3　ねたく　4　でたく

文法

1 しゅくだいを　（　　　　）あとで、ねます。
1　する　2　して　3　した　4　します

2 わたしは　インドへ　いった（　　　　）が　あります。
1　とき　2　もの　3　こと　4　ひと

3 どようび（　　　　）にちようびに　えいがを　みましょう。
1　は　2　か　3　も　4　で

4 うちに　（　　　　）、ゆうごはんを　つくります。
1　かえる　2　かえって　3　かえった　4　かえるから

5 じぶんの　へやは　じぶん（　　　　）そうじします。
1　に　2　で　3　を　4　へ

6 お酒を　（　　　　）ながら、はなしましょう。
1　のむ　2　のみ　3　のんで　4　のんだ

7 かいぎは　まだ　（　　　　　）。

1　おわります　　　　　　　　2　おわりません

3　おわりました　　　　　　　4　おわって　います

8 ホテルの　へやは　とても　（　　　　　）、きれいでした。

1　ひろ　　　2　ひろい　　　3　ひろくて　　　4　ひろいくて

9 ちちは　まいあさ　いぬと　こうえん（　　　　　）　さんぽします。

1　を　　　2　に　　　3　で　　　4　が

10 このアパートは　（　　　　　）ですが、へやの　なかは　せまいです。

1　たかい　　　2　あつい　　　3　やすい　　　4　ほそい

解答

文字・語彙（每題 5 分）

1	2	3	4	5	6	7	8	9	10
3	4	1	1	3	2	2	4	1	4

文法（每題 5 分）

1	2	3	4	5	6	7	8	9	10
3	3	2	2	2	2	2	3	1	1

得分（滿分 100 分）

/100

中文翻譯＋解說

文字・語彙

1　すみません、卵を　八つ　ください。

1　みっつ　　2　よっつ　　3　やっつ　　4　はっつ

中譯　不好意思，請給我八顆蛋。

解說　本題考「數字」。選項1是「三つ」（三個）；選項2是「四つ」（四個）；選項3是「八つ」（八個）；選項4無此字。常考「數字」整理如下：

一つ	二つ	三つ	四つ	五つ
六つ	七つ	八つ	九つ	十

2　大使館まで　歩いて　行きます。

1　おおつかん　2　おおしがん　3　だいしかん　4　たいしかん

中譯　走路去到大使館。

3　友達に　お金を　借りました。

1　おかね　　2　おがね　　3　おきん　　4　おぎん

中譯　跟朋友借錢了。

解說　「金」這個漢字，雖然也可唸成「きん」，例如「大金」（鉅款）、「金銭」（金錢），但是「お金」（錢）固定只能這麼唸。

4　弟は　背が　とても　高いです。

1　背　　2　腰　　3　体　　4　足

中譯　弟弟的身高非常高。

解說　本題考「身體部位」。選項1是「背」（身高、後背）；選項2是「腰」（腰）；選項3是「体」（身體）；選項4是「足」（腳）。

5 昨日　友達から　傘を　借りました。

1　朋友　2　朋人　3　友達　4　友人

中譯　昨天跟朋友借了傘。

6 子供が　何人　いますか。

1　子共　2　子供　3　子友　4　子伴

中譯　有幾個小孩呢？

7 妹は　ときどき　（　レコード　）を　聞いて　います。

1　ストーブ　2　レコード

3　スカート　4　セーター

中譯　妹妹偶爾會聽唱片。

解說　本題考「外來語」。選項1是「ストーブ」（火爐、暖爐）；選項2是「レコード」（唱片）；選項3是「スカート」（裙子）；選項4是「セーター」（毛衣）。

8 私は　いつも　自分で　洋服を　（　洗濯　）します。

1　けっこん　2　れんしゅう　3　りょこう　4　せんたく

中譯　我總是自己洗衣服。

解說　本題考「動詞」。選項1是「結婚〔します〕」（結婚）；選項2是「練習〔します〕」（練習）；選項3是「旅行〔します〕」（旅行）；選項4是「洗濯〔します〕」（洗衣服）。

9 日本の　りんごは　外国で　とても　（　有名　）です。

1　ゆうめい　2　りっぱ　3　けっこう　4　いろいろ

中譯　日本的蘋果在國外非常有名。

解說　本題考「な形容詞」。選項1是「有名」（有名）；選項2是「立派」（富麗堂皇、優秀）；選項3是「けっこう」（足夠、相當好）；選項4是「色々」（各式各樣）。

10 今日は　暑いですから、外に　（　出たく　）ありません。

1　みたく　　2　ひきたく　　3　ねたく　　4　でたく

中譯　今天很熱，所以不想外出。

解說　本題考「動詞」。先弄清「動詞＋たい＋否定」接續時的變化。其變化為「動詞~~ます~~形＋た~~い~~く＋ありません」（不想～）。選項1是「見たく〔ありません〕」（不想看）；選項2是「弾きたく〔ありません〕」（不想彈、拉）；選項3是「寝たく〔ありません〕」（不想睡）；選項4是「出たく〔ありません〕」（不想出去）。

文法

1 宿題を　（　した　）後で、寝ます。

1　する　　2　して　　3　した　　4　します

中譯　寫完作業後睡覺。

解說　本題考「動詞た形＋後で」這個句型，意思是「在～之後」。所以答案必須是動詞過去式（た形），也就是選項3「した」（做了）。

2 私は　インドへ　行った（　こと　）が　あります。

1　とき　　2　もの　　3　こと　　4　ひと

中譯　我去過印度。

解說　本題考「動詞た形＋ことがあります」這個句型，意思是「曾經～過」，所以答案為選項3「こと」。

3 土曜日（　か　）　日曜日に　映画を　見ましょう。

1　は　　2　か　　3　も　　4　で

中譯　星期六或是星期日來看電影吧！

解說　本題考助詞「か」的用法。「か」若在語尾，表示疑問，中文意思為「～呢？」或是「～嗎？」，例如：「誕生日はいつですか」（生日是什麼時候呢？）；「か」若在句中，則表示二擇一，中文意思為「或者」，本題就是考這個用法，答案為選項2。

4 家に （ 帰って ）、夕ご飯を 作ります。

1 かえる　　2 かえって　　3 かえった　　4 かえるから

中譯 回家後做晚餐。

解說 本題考「動詞て形」的用法，「て」可用來連接前、後短句，表示動作先後的順序。動詞「帰ります」（回家）的て形是「帰って」（回家之後）。

5 自分の 部屋は 自分（ で ） 掃除します。

1 に　　2 で　　3 を　　4 へ

中譯 自己的房間自己打掃。

解說 本題考助詞「で」的用法。「で」的用法很多，此題表示動作進行時的狀態，也就是「以自己一個人的狀態進行打掃動作」。

6 お酒を （ 飲み ）ながら、話しましょう。

1 のむ　　2 のみ　　3 のんで　　4 のんだ

中譯 一邊喝酒一邊聊吧！

解說 本題考接續助詞「ながら」（一邊～一邊～）的用法。動詞後面接續「ながら」時，變化為「動詞ます形＋ながら」，所以要先將「飲みます」去掉「ます」再接續「ながら」，成為「飲みながら」（一邊喝，一邊～）。

7 会議は まだ （ 終わりません ）。

1 おわります　　2 おわりません

3 おわりました　　4 おわって います

中譯 會議還沒有結束。

解說 本題考副詞「まだ」（尚未）的用法。「まだ」後面要接續否定，所以答案為選項2「終わりません」（沒有結束）。

8 ホテルの　部屋（へや）は　とても　（　広（ひろ）くて　）、綺麗（きれい）でした。

1　ひろ　　2　ひろい　　**3　ひろくて**　　4　ひろいくて

中譯 飯店的房間非常寬敞，很漂亮。

解說 本題考「形容詞的中止形」。當一個句子裡有二個形容詞時，前面的那個形容詞必須變化成中止形，也就是以「～で」或是「～て」作為接續方式。「広（ひろ）い」（寬敞的）是「い形容詞」，「い形容詞的中止形」是「い形容詞去掉い＋くて」，所以答案為選項3「広（ひろ）くて」。

9 父（ちち）は　毎朝（まいあさ）　犬（いぬ）と　公園（こうえん）（　を　）　散歩（さんぽ）します。

1　を　　2　に　　3　で　　4　が

中譯 爸爸每天早上和狗在公園散步。

解說 本題考助詞「を」的用法。「を」的用法很多，其中有一項是「地點＋を＋移動動詞」，此時的「を」表達移動動作經過的地點，中文翻譯成「在～」。

選項當中，選項1的「を」、選項2的「に」、選項3的「で」都有可以翻譯成「在～」的用法，但由於題目中的「散歩（さんぽ）します」（散步）是移動動詞，所以只能選擇選項1。

附帶補充，常與「を」搭配的移動動詞尚有「歩（ある）きます」（走）、「登（のぼ）ります」（攀登）、「走（はし）ります」（跑）。

10 このアパートは　（　高（たか）い　）ですが、部屋（へや）の　中（なか）は　狭（せま）いです。

1　たかい　　2　あつい　　3　やすい　　4　ほそい

中譯 這個公寓雖然貴，但是房間裡面卻很狹窄。

解說 本題考「い形容詞」的單字，選項1是「高（たか）い」（貴的、高的）；選項2是「暑（あつ）い」（熱的）；選項3是「安（やす）い」（便宜的）；選項4是「細（ほそ）い」（細的、狹窄的）。

本題同時也考助詞「が」的用法。「が」的用法很多，其中有一項「句子＋が＋句子」，用來表示「逆態確定條件」，中文意思是「雖然～但是～」，故只有選項1才符合邏輯。

考題

文字・語彙

1 にほんごの　テストは　さんがつ<u>八日</u>です。

1　よっか　2　ようか　3　はっか　4　はつか

2 <u>誕生日</u>に　なにが　ほしいですか。

1　たんしょうひ　2　たんじょうひ
3　たんしょうび　4　たんじょうび

3 かぜは　もう　<u>大丈夫</u>です。

1　だいしょうぶ　2　だいしょうふ
3　だいじょうぶ　4　だいじょうふ

4 じぶんの　お<u>さら</u>は　じぶんで　あらって　ください。

1　鍋　2　杯　3　椀　4　皿

5 <u>うみ</u>と　やま、どちらが　好きですか。

1　冬　2　海　3　雪　4　夜

6 りんごを　<u>ここのつ</u>　ください。

1　六つ　2　七つ　3　八つ　4　九つ

7 もう　おそいですから、（　　　　）。

1　かけます　　2　かえります

3　かします　　4　かります

8 ちちは　ねるまえに　（　　　　）を　のみます。

1　おかし　2　おはし　3　おさけ　4　おふろ

9 あのこうさてんを　みぎに　（　　　　）　ください。

1　すわって　2　とまって　3　まがって　4　こまって

10 もう　なつです。だんだん　（　　　　）　なります。

1　あつく　2　さむく　3　すずしく　4　あたたかく

文法

1 がいこくの　せいかつには　もう　（　　　　）か。

1　まちました　　2　かいました

3　いきました　　4　なれました

2 むすこは　まだ　（　　　　）ですから、けいけんが　ありません。

1　わかい　2　あまい　3　ふるい　4　かるい

3 あのめがねを　（　　　　）ひとは　わたしの　あにです。

1　かけて　　2　かけて　いる

3　かいて　　4　かいて　いる

4 ともだちに　じしょを　かえし（　　　　）　いきます。

1　へ　　2　に　　3　を　　4　は

5 おなかが　いたいです（　　　　）、びょういんへ　いきません。

1　から　　2　も　　3　まで　　4　が

6 たくさん　べんきょうして、にほんごが　（　　　　）　なりました。

1　じょうず　　2　じょうずな

3　じょうずで　　4　じょうずに

7 おきゃくさんに　おちゃを　（　　　　）。

1　はいります　　2　わきます

3　いれます　　4　のみます

8 しゅくだいを　（　　　　）から、ともだちと　あそびます。

1　する　　2　して　　3　しない　　4　すると

9 ここから　ぎんこうまで　五百（　　　　）　あります。

1　メートル　　2　セーター

3　レコード　　4　カレンダー

10 のどが　（　　　　）から、みずを　ください。

1　すきました　　2　かわきました

3　きえました　　4　いきました

07天

解答

文字・語彙（每題 5 分）

1	2	3	4	5	6	7	8	9	10
2	4	3	4	2	4	2	3	3	1

文法（每題 5 分）

1	2	3	4	5	6	7	8	9	10
4	1	2	2	4	4	3	2	1	2

得分（滿分 100 分）

/100

中文翻譯＋解說

文字・語彙

1　日本語（にほんご）の　テストは　三月八日（さんがつようか）です。

1　よっか　　2　ようか　　3　はっか　　4　はつか

中譯　日語測驗是三月八日。

解說　本題考「日期」。選項1是「四日（よっか）」（四日）；選項2是「八日（ようか）」（八日）；選項3無此字；選項4是「二十日（はつか）」（二十日）。常考「日期」整理如下：

一日（ついたち）	二日（ふつか）	三日（みっか）	四日（よっか）	五日（いつか）
六日（むいか）	七日（なのか）	八日（ようか）	九日（ここのか）	十日（とおか）
十四日（じゅうよっか）	十九日（じゅうくにち）	二十日（はつか）		

2　誕生日（たんじょうび）に　何（なに）が　ほしいですか。

1　たんしょうひ　　2　たんじょうひ

3　たんしょうび　　4　たんじょうび

中譯　生日時想要什麼呢？

3　風邪（かぜ）は　もう　大丈夫（だいじょうぶ）です。

1　だいしょうぶ　　2　だいしょうふ

3　だいじょうぶ　　4　だいじょうふ

中譯　感冒已經沒事了。

4　自分（じぶん）の　お皿（さら）は　自分（じぶん）で　洗（あら）って　ください。

1　鍋　　2　杯　　3　椀　　4　皿

中譯　自己的盤子請自己洗。

解說　本題考「餐具」。選項1是「鍋（なべ）」（鍋子）；選項2是「杯（はい）」（酒杯、～杯、～碗）；選項3是「椀（わん）」（碗、～碗）；選項4是「皿（さら）」（盤子、～盤）。

5　海（うみ）と　山（やま）、どちらが　好（す）きですか。

1　冬　　2　海　　3　雪　　4　夜

中譯　海和山，喜歡哪一個呢？

解說　本題考「自然」。選項1是「冬（ふゆ）」（冬天）；選項2是「海（うみ）」（海）；選項3是「雪（ゆき）」（雪）；選項4是「夜（よる）」（夜晚）。常考「自然」整理如下：

春（はる）	夏（なつ）	秋（あき）	冬（ふゆ）	天気（てんき）
晴れ（は）	雨（あめ）	風（かぜ）	雪（ゆき）	空（そら）
山（やま）	海（うみ）	川（かわ）	木（き）	花（はな）

6　りんごを　九（ここの）つ　ください。

1　六つ　　2　七つ　　3　八つ　　4　九つ

中譯　請給我九個蘋果。

解說　本題考「數字」。選項1是「六（むっ）つ」（六個）；選項2是「七（なな）つ」（七個）；選項3是「八（やっ）つ」（八個）；選項4是「九（ここの）つ」（九個）。常考「數字」整理如下：

一（ひと）つ	二（ふた）つ	三（みっ）つ	四（よっ）つ	五（いつ）つ
六（むっ）つ	七（なな）つ	八（やっ）つ	九（ここの）つ	十（とお）

7　もう　遅（おそ）いですから、（　帰（かえ）ります　）。

1　かけます　　2　かえります

3　かします　　4　かります

中譯　因為已經很晚了，所以要回去。

解說　本題考「動詞」。選項1是「かけます」（戴〔眼鏡〕、打〔電話〕）；選項2是「帰（かえ）ります」（回去）；選項3是「貸（か）します」（借出）；選項4是「借（か）ります」（借入）。

8 父は 寝る前に （ お酒 ）を 飲みます。

1 おかし　2 おはし　**3 おさけ**　4 おふろ

中譯 父親睡覺前會喝酒。

解說 本題考可加上接頭語「お」的名詞。選項1是「お菓子」（零食、點心）；選項2是「お箸」（筷子）；選項3是「お酒」（酒）；選項4是「お風呂」（浴室）。

9 あの交差点を 右に （ 曲がって ） ください。

1 すわって　2 とまって　**3 まがって**　4 こまって

中譯 請在那個十字路口右轉。

解說 本題考「動詞」。四個選項皆以「動詞て形」出現，選項1是「座って」（坐）；選項2是「止まって」（停止）或「泊まって」（住宿）；選項3是「曲がって」（轉彎）；選項4是「困って」（困擾）。

10 もう 夏です。だんだん （ 暑く ） なります。

1 あつく　2 さむく　3 すずしく　4 あたたかく

中譯 已經夏天了。變得越來越熱。

解說 本題考「い形容詞」。「い形容詞＋動詞」時，要先把「い形容詞」變成副詞，也就是「去掉い＋く」。四個選項的原形分別如下：選項1是「暑い」（炎熱的）；選項2是「寒い」（寒冷的）；選項3是「涼しい」（涼爽的）；選項4是「暖かい」（暖和的）。

文法

1 外国の 生活には もう （ 慣れました ）か。

1 まちました　2 かいました　3 いきました　**4 なれました**

中譯 已經習慣國外的生活了嗎？

解說 本題考「動詞」。四個選項皆以「動詞過去式」出現，選項1是「待ちました」（等候了）；選項2是「買いました」（買了）；選項3是「行きました」（去了）；選項4是「慣れました」（習慣了）。

2　息子は　まだ　（　若い　）ですから、経験が　ありません。

1　わかい　　2　あまい　　3　ふるい　　4　かるい

中譯　我的兒子還年輕，所以沒有經驗。

解說　本題考「い形容詞」。選項1是「若い」（年輕的）；選項2是「甘い」（甜的）；選項3是「古い」（老舊的、古老的）；選項4是「軽い」（輕的）。

3　あの眼鏡を　（　かけて　いる　）人は　私の　兄です。

1　かけて　　2　かけて　いる

3　かいて　　4　かいて　いる

中譯　那個戴著眼鏡的人是我的哥哥。

解說　本題考「動詞接續名詞」的方法。當動詞修飾名詞時，必須使用「常體」，所以只有選項2「かけている」（戴著），以及選項4「書いている」（寫著）有可能。依據語意，答案為選項2。

4　友達に　辞書を　返し（　に　）　行きます。

1　へ　　2　に　　3　を　　4　は

中譯　去還給朋友字典。

解說　本題考助詞「に」的句型。「名詞或是動詞ます形＋に＋移動動詞」用來表示動作的目的，中文為「為了～而～」，也就是「為了還字典去找朋友」，所以答案為選項2。

5　お腹が　痛いです（　が　）、病院へ　行きません。

1　から　　2　も　　3　まで　　4　が

中譯　雖然肚子痛，但是沒去醫院。

解說　本題考「助詞」。選項1是「から」（因為～所以～）；選項2是「も」（也～）；選項3是「まで」（到～為止）；選項4是「が」（雖然～但是～），答案中只有選項4才符合邏輯。

6 たくさん　勉強(べんきょう)して、日本語(にほんご)が　（　上手(じょうず)に　）　なりました。

1　じょうず　　2　じょうずな　　3　じょうずで　　4　じょうずに

中譯　努力學習，所以日文變厲害了。

解說　本題考「な形容詞」的接續。「上手(じょうず)」（厲害）是な形容詞，「なりました」（變得～）是動詞。な形容詞要修飾動詞時，必須變化成副詞。變化成副詞的方式為「語幹＋に」，也就是「上手(じょうず)＋に」，故答案為選項4。

7 お客(きゃく)さんに　お茶(ちゃ)を　（　入(い)れます　）。

1　はいります　2　わきます　　3　いれます　　4　のみます

中譯　泡茶給客人。

解說　本題考「動詞」。選項1是自動詞「入(はい)ります」（進入）；選項2是自動詞「沸(わ)きます」（沸騰）；選項3是他動詞「入(い)れます」（放進～）；選項4是他動詞「飲(の)みます」（喝～）。看到題目中的助詞「を」，就知道答案要選「他動詞」，且只有選項3語意才符合邏輯。

8 宿題(しゅくだい)を　（　して　）から、友達(ともだち)と　遊(あそ)びます。

1　する　　2　して　　3　しない　　4　すると

中譯　做作業後，和朋友玩。

解說　本題首先要判斷題目中助詞「から」的意思。有三種可能，第一種表示「因為～所以～」，第二種表示「從～開始」，第三種以句型「動詞て形＋から」形式出現，表示「～以後」。根據語意，答案為選項2。

9 ここから　銀行(ぎんこう)まで　五百(ごひゃく)（　メートル　）　あります。

1　メートル　　2　セーター　　3　レコード　　4　カレンダー

中譯　從這裡到銀行有五百公尺。

解說　本題考「外來語」。選項1是「メートル」（公尺）；選項2是「セーター」（毛衣）；選項3是「レコード」（唱片）；選項4是「カレンダー」（月曆、日曆），答案中只有選項1才符合邏輯。

10 喉（のど）が　（　渇（かわ）きました　）から、水（みず）を　ください。

1　すきました　　2　かわきました

3　きえました　　4　いきました

中譯　因為喉嚨很渴，請給我水。

解說　本題考「動詞」。四個選項皆以「動詞過去式」出現，選項1是「空（す）きました」（餓了、空了）；選項2是「渇（かわ）きました」（渴了）；選項3是「消（き）えました」（消失了）；選項4是「行（い）きました」（去了）。

08 天

考題

文字・語彙

1 あなたの　お姉さんは　なんさいですか。

1　おねえさん　　2　おにいさん

3　おかあさん　　4　おじいさん

2 りんごを　九つ　かいましょう。

1　きうつ　　2　くつ　　3　きゅうつ　　4　ここのつ

3 こんしゅうの　にちようびに　映画を　みに　いきませんか。

1　えいか　　2　えいが　　3　えんか　　4　えんが

4 わたしは　あかが　すきです。

1　青　　2　赤　　3　白　　4　黒

5 そのみちを　まっすぐ　いって　ください。

1　側　　2　通　　3　町　　4　道

6 むこうの　いりぐちから　はいります。

1　入口　　2　門口　　3　出口　　4　路口

7 わたしは　よく　かぞくに　でんわを　（　　　）。

1　かります　　2　かします　　3　かけます　　4　かきます

8 タバコは　（　　　　）ほうが　いいですよ。

1　いわない　2　すわない　3　つかわない　4　うたわない

9 A「いってきます」

B「（　　　　）」

1　ごめんください　2　いらっしゃいませ

3　いただきます　4　いってらっしゃい

10 さむいですから、（　　　　）を　つけましょう。

1　スプーン　2　スリッパ

3　ストーブ　4　スポーツ

文法

1 めんせつの　とき　しゃちょう（　　　　）　はなしました。

1　へ　2　を　3　で　4　と

2 にほんごは　一年半（　　　　）　べんきょうしました。

1　など　2　ごろ　3　まで　4　ぐらい

3 このみせは　（　　　　）ですから、もう　きません。

1　たかくない　2　おいしくない

3　くらくない　4　わるくない

4 これを　ぶちょう（　　　　）　わたして　ください。

1　に　2　で　3　と　4　の

5 となりの　クラスの　あべさんを　（　　　　）か。

1　しります　　　　　2　しりました

3　しって　います　　4　しって　いましょう

6 むすめは　七じごろ　かいしゃ（　　　　）　かえって　きます。

1　を　　2　で　　3　から　　4　が

7 ちちは　まいあさ　しんぶん（　　　　）　よみます。

1　へ　　2　に　　3　が　　4　を

8 スーパーへ　いきましたが、（　　　　）　かいませんでした。

1　なにか　　2　なにも　　3　どれが　　4　どれか

9 どのくつが　あなた（　　　　）ですか。

1　へ　　2　は　　3　の　　4　に

10 そとで　とりが　（　　　　）　います。

1　ふいて　　2　ないて　　3　ひいて　　4　かいて

08天

解答

文字・語彙（每題 5 分）

1	2	3	4	5	6	7	8	9	10
1	4	2	2	4	1	3	2	4	3

文法（每題 5 分）

1	2	3	4	5	6	7	8	9	10
4	4	2	1	3	3	4	2	3	2

得分（滿分 100 分）

/100

中文翻譯＋解說

文字・語彙

1 あなたの　お姉(ねえ)さんは　何歳(なんさい)ですか。

1　おねえさん　2　おにいさん　3　おかあさん　4　おじいさん

中譯　你的姊姊幾歲呢？

解說　本題考發長音的「稱謂」。其餘選項：選項2是「お兄(にい)さん」（哥哥）；選項3是「お母(かあ)さん」（媽媽）；選項4是「お爺(じい)さん」（爺爺、老爺爺）。

2 りんごを　九(ここの)つ　買(か)いましょう。

1　きうつ　2　くつ　3　きゅうつ　4　ここのつ

中譯　買九個蘋果吧！

3 今週(こんしゅう)の　日曜日(にちようび)に　映画(えいが)を　見(み)に　行(い)きませんか。

1　えいか　2　えいが　3　えんか　4　えんが

中譯　這個星期天，要去看電影嗎？

解說　其餘選項：選項1是「詠歌(えいか)」（吟詠和歌）；選項3是「演歌(えんか)」（演歌）或「円貨(えんか)」（日幣）或「煙火(えんか)」（煙火）等；選項4無此字。

4 私(わたし)は　赤(あか)が　好(す)きです。

1　青　2　赤　3　白　4　黒

中譯　我喜歡紅色。

解說　本題考「顏色」。選項1是「青(あお)」（藍色）；選項2是「赤(あか)」（紅色）；選項3是「白(しろ)」（白色）；選項4是「黒(くろ)」（黑色）。

08天

5 その道を　まっすぐ　行って　ください。

1　側　　2　通　　3　町　　4　道

中譯　請直走那條道路。

6 向こうの　入口から　入ります。

1　入口　　2　門口　　3　出口　　4　路口

中譯　從對面的入口進入。

7 私は　よく　家族に　電話を　（　かけます　）。

1　かります　　2　かします　　3　かけます　　4　かきます

中譯　我常常打電話給家人。

解說　本題考「動詞」。選項1是「借ります」（借入）；選項2是「貸します」（借出）；選項3是「かけます」（打〔電話〕）；選項4是「書きます」（寫）。

8 タバコは　（　吸わない　）ほうが　いいですよ。

1　いわない　　2　すわない　　3　つかわない　　4　うたわない

中譯　不要抽菸比較好喔！

解說　本題所有的選項，皆是以「う」為結尾的五段動詞的否定形，也就是「ない形」。選項1是「言う（說）→言わない（不說）」；選項2是「吸う（吸）→吸わない（不吸）」；選項3是「使う（使用）→使わない（不使用）」；選項4是「歌う（唱）→歌わない（不唱）」。「動詞ない形＋ほうがいいです」意思是「不～比較好」。

9 A「いってきます」

B「（　いってらっしゃい　）」

1　ごめんください　　2　いらっしゃいませ

3　いただきます　　4　いってらっしゃい

中譯　A「我出門了。」

B「慢走。」

解說　本題考「招呼用語」。選項1是「ごめんください」（有人在嗎？）；選項2是「いらっしゃいませ」（歡迎光臨）；選項3是「いただきます」（開動了、收下）；選項4是「いってらっしゃい」（慢走、路上小心）。

10　寒(さむ)いですから、（　ストーブ　）を　つけましょう。

1　スプーン　　2　スリッパ　　**3　ストーブ**　　4　スポーツ

中譯　因為很冷，所以開暖爐吧！

解說　本題考「外來語」。選項1是「スプーン」（湯匙）；選項2是「スリッパ」（拖鞋）；選項3是「ストーブ」（火爐、暖爐）；選項4是「スポーツ」（運動、體育）。

文法

1　面接(めんせつ)の　時(とき)　社長(しゃちょう)（　と　）　話(はな)しました。

1　へ　　2　を　　3　で　　**4　と**

中譯　面試的時候，和社長說話了。

解說　本題考「助詞」。助詞「と」表示共同動作、作用的對象，相當於中文的「和～」。

2　日本語(にほんご)は　一年半(いちねんはん)（　ぐらい　）　勉強(べんきょう)しました。

1　など　　2　ごろ　　3　まで　　**4　ぐらい**

中譯　日文學了一年半左右。

解說　本題考「助詞」。選項1是「など」（～等等）；選項2是「頃(ごろ)」（〔時刻、時間點的〕前後、左右）；選項3是「まで」（到～為止）；選項4是「ぐらい」（〔時間、期間的程度、數量的〕大約、左右）。
選項2的「頃(ごろ)」和選項4的「ぐらい」用法不同，但中文翻譯一樣，所以容易混淆。由於題目中的「一年半(いちねんはん)」（一年半）表示時間的長度、程度，所以答案為選項4。

3 この店(みせ)は　（　おいしくない　）ですから、もう　来(き)ません。

1　たかくない　　2　おいしくない

3　くらくない　　4　わるくない

中譯　這家店不好吃，所以不會再來了。

解說　本題考「い形容詞的否定形」。選項1是「高(たか)くない」（不貴、不高）；選項2是「おいしくない」（不好吃）；選項3是「暗(くら)くない」（不暗）；選項4是「悪(わる)くない」（不錯）。

4 これを　部長(ぶちょう)（　に　）　渡(わた)して　ください。

1　に　　2　で　　3　と　　4　の

中譯　請把這個交給部長。

解說　本題考「助詞」。助詞「に」的用法很多，其中有一種是表示「承受動作的對象」，中文可翻譯成「給～、向～」。

5 隣(となり)の　クラスの　阿部(あべ)さんを　（　知(し)って　います　）か。

1　しります　　2　しりました

3　しって　います　　4　しって　いましょう

中譯　認識隔壁班的阿部同學嗎？

解說　本題考「動詞て形＋いる」的用法。「～ている」有表示「動作的持續」、「動作的結果」、「動作的反覆」、「動作的完了」、「單純的狀態」等多種用法。本題的「知(し)っています」（知道、認識）就是表示「動作結果」所呈現的狀態。

6 娘(むすめ)は　七時頃(しちじごろ)　会社(かいしゃ)（　から　）　帰(かえ)って　きます。

1　を　　2　で　　3　から　　4　が

中譯　女兒七點左右從公司回家。

解說　本題考「助詞」。助詞「から」的用法很多，本題為表示動作、作用的地方起點，可翻譯成「從～」。

7　父(ちち)は　毎朝(まいあさ)　新聞(しんぶん)（　を　）　読(よ)みます。

1　へ　　2　に　　3　が　　4　を

中譯　父親每天早上讀報紙。

解說　本題考「助詞」。助詞「を」表示動作、作用的對象。即「読(よ)みます」（閱讀、看、唸）的對象是「新聞(しんぶん)」（報紙）。

8　スーパーへ　行(い)きましたが、（　何(なに)も　）　買(か)いませんでした。

1　なにか　　2　なにも　　3　どれが　　4　どれか

中譯　雖然去了超市，但是什麼都沒有買。

解說　本題考助詞「も」的句型。「疑問詞＋も＋否定句」為「完全否定」，意思為「～都沒有」或是「～都不～」。

9　どの靴(くつ)が　あなた（　の　）ですか。

1　へ　　2　は　　3　の　　4　に

中譯　哪雙鞋子是你的呢？

解說　本題考「助詞」。助詞「の」的用法很多，本題為表示「所有、所屬、所在、所產」，可翻譯成「～的」，例如「あなたの靴(くつ)」（你的鞋子）。而在口語表達時，「の」後面的名詞經常可以省略，所以本題的答案為選項3。

10　外(そと)で　鳥(とり)が　（　鳴(な)いて　）　います。

1　ふいて　　2　ないて　　3　ひいて　　4　かいて

中譯　外面小鳥正在叫著。

解說　本題考「以く為結尾的動詞」的「ている形」，表示動作持續，中文可翻譯成「正在～」。選項1是「吹(ふ)く（颳、吹）→吹(ふ)いています（正在颳、正在吹）」或是「拭(ふ)く（擦）→拭(ふ)いています（正在擦）」；選項2是「鳴(な)く（叫）→鳴(な)いています（正在叫）」；選項3是「弾(ひ)く（彈、拉）→弾(ひ)いています（正在彈、拉）」；選項4是「書(か)く（寫）→書(か)いています（正在寫）」。

09 天

考題

文字・語彙

1 きょうは　かいしゃの　<u>食堂</u>で　ごはんを　たべます。

1　たべどう　　2　しょくとう

3　たべとう　　4　しょくどう

2 <u>白い</u>　くるまが　ほしいです。

1　しろい　　2　くろい　　3　からい　　4　わかい

3 デパートで　えんぴつや　<u>封筒</u>を　かいました。

1　ふうとう　　2　ふうとん　　3　ふうどう　　4　ふうどん

4 わたしは　まいにち　<u>くだもの</u>を　たべます。

1　実物　　2　実果　　3　果物　　4　水果

5 きのう　スーパーで　田中さんの　<u>おくさん</u>に　あいました。

1　妻さん　　2　奥さん　　3　屋さん　　4　伴さん

6 <u>ほんだな</u>に　ほんを　ならべて　ください。

1　本台　　2　本箱　　3　本架　　4　本棚

7 A「きょうは　（　　　　）。とても　おいしかったです」
B「また　きて　くださいね」
1　ごめんください　　2　いただきます
3　いらっしゃいませ　　4　ごちそうさまでした

8 おとうとは　ときどき　（　　　　）を　きいて　います。
1　ラジオ　　2　カメラ　　3　テレビ　　4　ボタン

9 十じに　えきの　まえで　（　　　　）ましょう。
1　かき　　2　あい　　3　つき　　4　さき

10 さかなが　かわを　（　　　　）　います。
1　はしって　　2　あるいて　　3　のんで　　4　およいで

文法

1 こうえんに　いぬや　ねこ（　　　　）が　います。
1　と　　2　や　　3　も　　4　など

2 わたしは　アメリカへ　いき（　　　　）です。
1　たい　　2　ほう　　3　こと　　4　ほしい

3 いっしゅうかん（　　　　）　にかい　プールへ　いきます。
1　が　　2　で　　3　に　　4　を

4 かぜを　ひいて　います（　　　　）、がっこうを　やすみます。
1　から　　2　が　　3　でも　　4　まで

5 わたしは　えいごを　はなす（　　　　　）　できます。

1　とき　　2　ときが　　3　こと　　4　ことが

6 ほんやへ　えいごの　ほんを　（　　　　　）　いきます。

1　かきに　　2　かいに　　3　かうに　　4　かけに

7 きのう　じぶんの　へやを　（　　　　　）　しました。

1　きれい　　2　きれいな　　3　きれいに　　4　きれいで

8 せんせいは　（　　　　　）　きて　いません。

1　もう　　2　まだ　　3　ごろ　　4　あと

9 なに（　　　　　）　しつもんは　ありませんか。

1　は　　2　の　　3　で　　4　か

10 ははは　くだものを　ジュース（　　　　　）　しました。

1　で　　2　へ　　3　に　　4　が

解答

文字・語彙（每題 5 分）

1	2	3	4	5	6	7	8	9	10
4	1	1	3	2	4	4	1	2	4

文法（每題 5 分）

1	2	3	4	5	6	7	8	9	10
4	1	3	1	4	2	3	2	4	3

得分（滿分 100 分）

/100

09
天

中文翻譯＋解說

文字・語彙

1 今日（きょう）は　会社（かいしゃ）の　食堂（しょくどう）で　ご飯（はん）を　食（た）べます。

1　たべどう　　2　しょくとう　　3　たべとう　　**4　しょくどう**

中譯　今天在公司的食堂吃飯。

2 白（しろ）い　車（くるま）が　ほしいです。

1　しろい　　2　くろい　　3　からい　　4　わかい

中譯　我想要白色的車子。

解說　本題考「い形容詞」。選項1是「白（しろ）い」（白色的）；選項2是「黒（くろ）い」（黑色的）；選項3是「辛（から）い」（辣的）；選項4是「若（わか）い」（年輕的）。

3 デパートで　鉛筆（えんぴつ）や　封筒（ふうとう）を　買（か）いました。

1　ふうとう　　2　ふうとん　　3　ふうどう　　4　ふうどん

中譯　在百貨公司買了鉛筆和信封。

4 私（わたし）は　毎日（まいにち）　果物（くだもの）を　食（た）べます。

1　実物　　2　実果　　**3　果物**　　4　水果

中譯　我每天吃水果。

5 昨日（きのう）　スーパーで　田中（たなか）さんの　奥（おく）さんに　会（あ）いました。

1　妻さん　　**2　奥さん**　　3　屋さん　　4　伴さん

中譯　昨天在超市遇到了田中先生的太太。

6　本棚に　本を　並べて　ください。

1　本台　　2　本箱　　3　本架　　4　本棚

中譯　請把書排到書架上。

7　A「今日は　（　ごちそうさまでした　）。とても　おいしかったです」
B「また　来て　くださいね」

1　ごめんください　　2　いただきます

3　いらっしゃいませ　　4　ごちそうさまでした

中譯　A「今天承蒙招待了。非常好吃。」
B「請再來喔！」

解說　本題考「招呼用語」。選項1是「ごめんください」（有人在嗎？）；選項2是「いただきます」（開動了、收下）；選項3是「いらっしゃいませ」（歡迎光臨）；選項4是「ごちそうさまでした」（吃飽了、承蒙招待）。

8　弟は　時々　（　ラジオ　）を　聞いて　います。

1　ラジオ　　2　カメラ　　3　テレビ　　4　ボタン

中譯　弟弟偶爾會聽收音機。

解說　本題考「外來語」。選項1是「ラジオ」（收音機）；選項2是「カメラ」（照相機）；選項3是「テレビ」（電視）；選項4是「ボタン」（鈕扣、按鈕）。

9　十時に　駅の　前で　（　会い　）ましょう。

1　かき　　2　あい　　3　つき　　4　さき

中譯　十點在車站前面見面吧！

解說　本題考「動詞敬體的意向形」，「～ましょう」（～吧）是邀約表現。選項1是「書き〔ましょう〕」（寫吧）；選項2是「会い〔ましょう〕」（見面吧）；選項3是「着き〔ましょう〕」（抵達吧）；選項4是「咲き〔ましょう〕」（開〔花〕吧）。

10 魚が　川を　（　泳いで　）　います。

1　はしって　　2　あるいて　　3　のんで　　4　およいで

中譯　魚在河川中游著。

解說　本題考「動詞て形」。選項1是「走る→走って」（跑步）；選項2是「歩く→歩いて」（走路）；選項3是「飲む→飲んで」（喝）；選項4是「泳ぐ→泳いで」（游泳）。

文法

1 公園に　犬や　猫（　など　）が　います。

1　と　　2　や　　3　も　　4　など

中譯　公園裡有狗和貓等等。

解說　本題考「助詞」。選項1是「と」（～和～）；選項2是「や」（～或～）；選項3是「も」（也～）；選項4是「など」（～等等）。

2 私は　アメリカへ　行き（　たい　）です。

1　たい　　2　ほう　　3　こと　　4　ほしい

中譯　我想去美國。

解說　本題考助動詞「たい」（想～）的用法。「動詞~~ます~~形＋たい」用來表示說話者強烈的願望。

3 一週間（　に　）　二回　プールへ　行きます。

1　が　　2　で　　3　に　　4　を

中譯　一個星期去游泳池二次。

解說　本題考「助詞」。「に」的用法很多，本題的「一週間」（一個星期）是期間，「二回」（二次）是次數，所以要用「に」來表示「比例或是分配的基準」。

4 風邪(かぜ)を　引(ひ)いて　います（　から　）、学校(がっこう)を　休(やす)みます。

1　から　　2　が　　3　でも　　4　まで

中譯　因為感冒了，所以跟學校請假。

解說　本題考「助詞」。「から」的用法很多，本題為表示單純的因果關係，可以翻譯成「因為～所以～」。

5 私(わたし)は　英語(えいご)を　話(はな)す（　ことが　）　できます。

1　とき　　2　ときが　　3　こと　　4　ことが

中譯　我會說英語。

解說　本題考「動詞辭書形＋ことができます」（可以～、會～）的句型，用來表示能力。

6 本屋(ほんや)へ　英語(えいご)の　本(ほん)を　（　買(か)いに　）　行(い)きます。

1　かきに　　2　かいに　　3　かうに　　4　かけに

中譯　去書店買英文書。

解說　本題考助詞「に」的句型。「名詞或是動詞ます形＋に＋移動動詞」用來表示動作的目的，中文為「為了～而～」。題目為「為了買英文書而去書店」，所以要將動詞「買(か)います」（買）去掉「ます」後，再加上助詞「に」，變成「買(か)いに」，之後再加移動動詞「行(い)きます」（去）。

7 昨日(きのう)　自分(じぶん)の　部屋(へや)を　（　綺麗(きれい)に　）　しました。

1　きれい　　2　きれいな　　3　きれいに　　4　きれいで

中譯　昨天把自己的房間打掃乾淨了。

解說　本題考「な形容詞」的接續。「綺麗(きれい)」（漂亮、乾淨）是な形容詞，「しました」（做了～）是動詞。な形容詞要修飾動詞時，必須變化成副詞。變化成副詞的方式為「語幹＋に」，也就是「綺麗(きれい)に」，故答案為選項3。

8 先生（せんせい）は　（　まだ　）　来（き）て　いません。

1　もう　　2　まだ　　3　ごろ　　4　あと

中譯　老師還沒有來。

解說　本題考「まだ～ない」（尚未～）的句型，表示預定的事情現在還未進行或完成。

9 何（なに）（　か　）　質問（しつもん）は　ありませんか。

1　は　　2　の　　3　で　　4　か

中譯　有任何提問嗎？

解說　本題考「助詞」。助詞「か」的用法很多，以「疑問詞＋か＋敘述文」的句型出現時，「か」表示不確定的人或物或時間。

10 母（はは）は　果物（くだもの）を　ジュース（　に　）　しました。

1　で　　2　へ　　3　に　　4　が

中譯　媽媽把水果打成了果汁。

解說　本題考「助詞」。助詞「に」的用法很多，以「名詞或な形容詞＋に＋します」的句型出現時，「に」表示作用或變化的結果。

考題

讀解

もんだい 1

　つぎの　ぶんを　読んで　しつもんに　こたえて　ください。こたえは　1・2・3・4から　いちばん　いい　ものを　一つ　えらんで　ください。

（日記）三月二十一日

　きょうは　かいしゃで　たいせつな　会議が　ありました。わたしは　いつも　八じごろ　かいしゃに　つきます。きょうは　五じに　いえを　でて、六じごろ　かいしゃに　つきました。それから、コピーを　たくさん　して、たくさんの　お客さんと　はなしを　しました。きょうは　とても　いそがしくて、つかれました。

問1　「わたし」は　きょう　なんじごろ　かいしゃに　つきましたか。

1　五じごろ　つきました
2　六じごろ　つきました
3　七じごろ　つきました
4　八じごろ　つきました

問2　「わたし」は　どうして　つかれましたか。

1　五じに　おきて、かいしゃへ　いきましたから。

2　コピーや　はなしを　たくさん　しましたから。

3　たいせつな　会議を　やすみましたから。

4　たくさんの　お客さんに　あいましたから。

もんだい2

つぎの　ぶんを　読んで　しつもんに　こたえて　ください。こたえは　1・2・3・4から　いちばん　いい　ものを　一つ　えらんで　ください。

わたしの　アパートの　へやには、つくえが　一つと　いすが　二つ　あります。がっこうの　本が　たくさん　あります。じしょは　ありません。じしょは　としょかんで　かります。もっと　大きい　本だなが　ほしいです。でも、おかねが　ありません。だから、もっと　はたらきたいです。

問1　「わたし」の　へやには　何が　ありますか。

1　つくえと　いすと　じしょが　あります。

2　つくえと　いすと　じしょと　おかねが　あります。

3　つくえと　いすと　本と　本だなが　あります。

4　つくえと　いすと　じしょと　本と　本だなが　あります。

問2　「わたし」は　どうして　はたらきたいですか。

1　おかねが　すきだからです。

2　じしょが　買いたいからです。

3　としょかんで　はたらきたいからです。

4　大きい　本だなが　ほしいからです。

聽解

もんだい１ MP3-08

もんだい１では　はじめに　しつもんを　きいて　ください。それから　はなしを　きいて、もんだいようしの　１から　４の　なかから、いちばん　いい　ものを　ひとつ　えらんで　ください。

1　とりにく
2　ぎゅうにく
3　さかなの　カレー
4　とりにくの　カレー

もんだい２

もんだい２では　はじめに　しつもんを　きいて　ください。そして　１から　３の　なかから、いちばん　いい　ものを　ひとつ　えらんで　ください。

1ばん　MP3-09　① ② ③
2ばん　MP3-10　① ② ③
3ばん　MP3-11　① ② ③

もんだい３

もんだい３では　ぶんを　きいて、１から　３の　なかから、いちばん　いい　ものを　ひとつ　えらんで　ください。

1ばん　MP3-12　① ② ③
2ばん　MP3-13　① ② ③
3ばん　MP3-14　① ② ③

解答

讀解

問題 1（每題 9 分）

1	2
2	2

問題 2（每題 9 分）

1	2
3	4

聽解

問題 1（每題 10 分）

4

問題 2（每題 9 分）

1	2	3
1	1	2

問題 3（每題 9 分）

1	2	3
2	3	2

得分（滿分 100 分）

/100

中文翻譯＋解說

讀解

問題(もんだい) 1

次(つぎ)の　文(ぶん)を　読(よ)んで　質問(しつもん)に　答(こた)えて　ください。答(こた)えは　1・2・3・4 から　一番(いちばん)　いい　ものを　一(ひと)つ　選(えら)んで　ください。

（日記(にっき)）三月二十一日(さんがつ にじゅういちにち) 今日(きょう)は　会社(かいしゃ)で　大切(たいせつ)な　会議(かいぎ)が　ありました。私(わたし)は　いつも　八時(はちじ)頃(ごろ)　会社(かいしゃ)に　着(つ)きます。今日(きょう)は　五時(ごじ)に　家(いえ)を　出(で)て、六時頃(ろくじごろ)　会社(かいしゃ)に　着(つ)きました。それから、コピーを　たくさん　して、たくさんの　お客(きゃく)さんと　話(はなし)を　しました。今日(きょう)は　とても　忙(いそが)しくて、疲(つか)れました。

問(とい) 1　「私(わたし)」は　今日(きょう)　何時頃(なんじごろ)　会社(かいしゃ)に　着(つ)きましたか。

1　五時頃(ごじごろ)　着(つ)きました
2　六時頃(ろくじごろ)　着(つ)きました
3　七時頃(しちじごろ)　着(つ)きました
4　八時頃(はちじごろ)　着(つ)きました

問(とい) 2　「私(わたし)」は　どうして　疲(つか)れましたか。

1　五時(ごじ)に　起(お)きて、会社(かいしゃ)へ　行(い)きましたから。
2　コピーや　話(はなし)を　たくさん　しましたから。
3　大切(たいせつ)な　会議(かいぎ)を　休(やす)みましたから。
4　たくさんの　お客(きゃく)さんに　会(あ)いましたから。

中譯

（日記）三月二十一日

今天在公司有重要的會議。我都是八點左右到公司。今天五點離開家，六點左右抵達公司。然後，影印了很多東西，和很多客人說了話。今天非常忙，累壞了。

問1　「我」今天幾點左右抵達公司呢？

1　五點左右抵達

2　六點左右抵達

3　七點左右抵達

4　八點左右抵達

問2　「我」為什麼累壞了呢？

1　因為五點起床，去了公司。

2　因為影印了很多東西和說了很多話。

3　因為缺席了重要的會議。

4　因為見了很多客人。

問題(もんだい)2

次(つぎ)の　文(ぶん)を　読(よ)んで　質問(しつもん)に　答(こた)えて　ください。答(こた)えは　1・2・3・4から　一番(いちばん)　いい　ものを　一(ひと)つ　選(えら)んで　ください。

私(わたし)の　アパートの　部屋(へや)には、机(つくえ)が　一(ひと)つと　椅子(いす)が　二(ふた)つ　あります。学校(がっこう)の　本(ほん)が　たくさん　あります。辞書(じしょ)は　ありません。辞書(じしょ)は　図書館(としょかん)で　借(か)ります。もっと　大(おお)きい　本棚(ほんだな)が　ほしいです。でも、お金(かね)が　ありません。だから、もっと　働(はたら)きたいです。

問(とい)1　「私(わたし)」の　部屋(へや)には　何(なに)が　ありますか。

1　机(つくえ)と　椅子(いす)と　辞書(じしょ)が　あります。

2　机(つくえ)と　椅子(いす)と　辞書(じしょ)と　お金(かね)が　あります。

3　机(つくえ)と　椅子(いす)と　本(ほん)と　本棚(ほんだな)が　あります。

4　机(つくえ)と　椅子(いす)と　辞書(じしょ)と　本(ほん)と　本棚(ほんだな)が　あります。

問(とい)2　「私(わたし)」は　どうして　働(はたら)きたいですか。

1　お金(かね)が　好(す)きだからです。

2　辞書(じしょ)が　買(か)いたいからです。

3　図書館(としょかん)で　働(はたら)きたいからです。

4　大(おお)きい　本棚(ほんだな)が　ほしいからです。

中譯

我公寓的房間裡，有一張桌子和二張椅子。有很多學校的書。沒有字典。字典在圖書館裡借。想要有更大的書櫃。但是，沒有錢。所以，想要做更多工作。

問1　「我」的房間裡有什麼呢？

1　有桌子和椅子和字典。

2　有桌子和椅子和字典和錢。

3　有桌子和椅子和書和書櫃。

4　有桌子和椅子和字典和書和書櫃。

問2　「我」為什麼想要工作呢？

1　因為喜歡錢。

2　因為想買字典。

3　因為想在圖書館工作。

4　因為想要大的書櫃。

解說

- 名詞＋が＋ほしいです：想要～。
- でも：但是～。
- だから：所以～。
- 動詞~~ます~~形＋たいです：希望～、想～。

聽解

問題 1　MP3-08

問題１では　初めに　質問を　聞いて　ください。それから　話を　聞いて、問題用紙の　１から　４の　中から、一番　いい　ものを　一つ　選んで　ください。

食堂で　男の　人と　女の　人が　話して　います。女の　人は　何を　食べますか。

女：何を　食べますか。
男：肉が　食べたいです。
女：じゃあ、この牛肉は　どうですか。
　　私は　この店の　牛肉を　食べたことが　あります。
　　とても　おいしかったです。
男：そうですか。じゃあ、それに　します。
女：私は　カレーが　食べたいです。
男：鶏肉や　牛肉や　魚が　ありますよ。
　　どれが　いいですか。
女：私は　魚が　好きでは　ありません。
　　鶏肉が　いいです。

女の　人は　何を　食べますか。

1　鶏肉

2　牛肉

3　魚の　カレー

4　鶏肉の　カレー

中譯

食堂裡男人和女人正在說話。女人要吃什麼呢？

女：要吃什麼呢？

男：我想吃肉。

女：那麼，這個牛肉如何呢？

　　我曾經吃過這家店的牛肉。

　　非常好吃。

男：那樣啊！那麼，就決定那個。

女：我想吃咖哩。

男：有雞肉或是牛肉或是魚喔！

　　哪一個好呢？

女：我不喜歡魚。

　　雞肉好。

女人要吃什麼呢？

1　雞肉

2　牛肉

3　魚的咖哩

4　雞肉的咖哩

解說

- 動詞た形＋ことがあります：曾～過。
- 名詞＋に＋します：決定～。

問題2

> 問題2では　初めに　質問を　聞いて　ください。そして　1から　3の　中から、一番　いい　ものを　一つ　選んで　ください。

1番　MP3-09

前に　荷物を　たくさん　持った人が　います。何と　言いますか。

1　荷物を　持ちましょうか。

2　荷物を　持ちたいですね。

3　荷物を　持って　ください。

中譯

前面有拿著很多行李的人。要說什麼呢？

1　（我）來拿行李吧！

2　（我）想拿行李耶！

3　請拿行李。

解說

選項1「～ましょうか」是「（我）來～吧」；選項2「～たい」是「我想～」；選項3「～てください」是「請做～」。

2番　MP3-10

電車の　中に　います。おばあさんが　来ました。何と　言いますか。

1　ここ、どうぞ。

2　はじめまして。

3　どうしましたか。

中譯

在電車裡。老奶奶來了。要說什麼呢？

1　這裡，請。

2　初次見面。

3　怎麼了嗎？

3番　MP3-11

友達と　外で　ご飯を　食べました。食べた後、家へ　帰ります。何と言いますか。

1　いってらっしゃい。

2　じゃ、また。

3　いただきます。

中譯

和朋友在外面吃飯了。吃完後，要回家。要說什麼呢？

1　慢走。

2　那麼，再見。

3　開動了、收下。

問題 3

問題3では　文を　聞いて、1から　3の　中から、一番　いい　ものを　一つ　選んで　ください。

1番　MP3-12

女：誕生日は　いつですか。

男：1　午後　三時までです。

　　2　一月七日です。

　　3　二月に　しましょう。

中譯

女：生日是什麼時候呢？

男：1　到下午三點為止。

　　2　一月七日。

　　3　就決定二月吧！

2番（ばん） MP3-13

男：すみません、郵便局（ゆうびんきょく）は　どこですか。

女：1　切手（きって）を　買（か）います。

2　五時半（ごじはん）までです。

3　あそこです。

中譯

男：不好意思，請問郵局在哪裡呢？

女：1　買郵票。

2　到五點半為止。

3　在那裡。

解說

人家問「どこですか」（哪裡呢？）時，回答一定是「ここです」（這裡）或是「そこです」（那裡）或是「あそこです」（那裡）。

3番（ばん） MP3-14

女：そのズボンは　どこで　買（か）いましたか。

男：1　これは　アメリカの　ズボンです。

2　デパートで　買（か）いました。

3　少（すこ）し　小（ち い）さいです。

中譯

女：那條褲子是在哪裡買的呢？

男：1　這是美國的褲子。

2　在百貨公司買的。

3　有點小。

解說

注意問句中的「どこで」（在哪裡）即可知道答案。助詞「で」表示動作進行的場所。

11 天

考題

文字・語彙

1 わたしは　<u>万年筆</u>で　かくことが　できます。

1　まんねんぴつ　　2　まんねんひつ

3　ばんねんぴつ　　4　ばんねんひつ

2 <u>飛行機</u>で　がいこくへ　いきたいです。

1　とこうき　2　たこうき　3　ひこうき　4　しこうき

3 あには　<u>交番</u>で　はたらいて　います。

1　こうはん　2　こうばん　3　ごうはん　4　ごうばん

4 <u>はいざら</u>を　とって　くださいませんか。

1　灰皿　2　煙皿　3　灰器　4　煙器

5 ここで　しゃしんを　<u>とらないで</u>　ください。

1　取らないで　　2　撮らないで

3　採らないで　　4　写らないで

6 わたしは　<u>いしゃ</u>に　なりたいです。

1　医師　2　医士　3　医生　4　医者

11 天

7 うちの　まえに　しろい　くるまが　（　　　　）。

1　はしりました　　　2　はたらきました
3　とまりました　　　4　みがきました

8 ゆうびんきょくで　五十えんの　（　　　　）を　三まい　かいました。

1　きっぷ　　2　きって　　3　せっけん　　4　りっぱ

9 きのう　（　　　　）で　ようふくを　かいました。

1　デパート　　2　ストーブ　　3　スポーツ　　4　スプーン

10 つかれましたから、（　　　　）　やすみましょう。

1　まっすぐ　　2　ゆっくり　　3　いったい　　4　けっこう

文法

1 ふゆやすみは　きのう（　　　　）　はじまりました。

1　から　　2　まで　　3　など　　4　ごろ

2 えいがかん（　　　　）　えいがを　みに　いきます。

1　で　　2　へ　　3　を　　4　と

3 どれ（　　　　）　山田さんの　くつですか。

1　の　　2　を　　3　は　　4　が

4 ここから　ホテルまで　いちじかん（　　　　）　かかります。

1　でも　　2　ごろ　　3　ぐらい　　4　しか

5 おとといは　てんきが　とても　（　　　　）。

1　いいです　　2　よいです

3　いいでした　　4　よかったです

6 おとうとは　にくが　あまり　（　　　　）　ありません。

1　すきく　　2　すきでは　　3　すきな　　4　すきくて

7 このようふくは　（　　　　）、やすいです。

1　かわいい　　2　かわいく

3　かわいくて　　4　かわいいで

8 わたしは　（　　　　）とき、ほんを　よみます。

1　ひま　　2　ひまに　　3　ひまな　　4　ひまだ

9 ちちは　しんぶんを　（　　　　）ながら、あさごはんを
たべます。

1　よみ　　2　のみ　　3　み　　4　すみ

10 いえを　（　　　　）まえに、でんわして　ください。

1　でる　　2　でて　　3　でた　　4　でれ

解答

文字・語彙（每題 5 分）

1	2	3	4	5	6	7	8	9	10
2	3	2	1	2	4	3	2	1	2

文法（每題 5 分）

1	2	3	4	5	6	7	8	9	10
1	2	4	3	4	2	3	3	1	1

得分（滿分 100 分）

/100

中文翻譯＋解說

文字・語彙

1 私は　万年筆で　書くことが　できます。

1　まんねんびつ　　2　まんねんひつ

3　ばんねんびつ　　4　ばんねんひつ

中譯　我會用鋼筆寫。

2 飛行機で　外国へ　行きたいです。

1　とこうき　2　たこうき　3　ひこうき　4　しこうき

中譯　我想搭飛機去國外。

3 兄は　交番で　働いて　います。

1　こうはん　2　こうばん　3　ごうはん　4　ごうばん

中譯　哥哥在派出所工作。

4 灰皿を　取って　くださいませんか。

1　灰皿　2　煙皿　3　灰器　4　煙器

中譯　可以幫我拿菸灰缸嗎？

5 ここで　写真を　撮らないで　ください。

1　取らないで　2　撮らないで　3　採らないで　4　写らないで

中譯　這裡請不要照相。

6 私は　医者に　なりたいです。

1　医師　2　医士　3　医生　4　医者

中譯　我想成為醫生。

7 家（うち）の 前（まえ）に 白（しろ）い 車（くるま）が （ 止（と）まりました ）。

1 はしりました　2 はたらきました　3 とまりました　4 みがきました

中譯 家的前面白色的車子停下來了。

解說 本題考「動詞」。選項1是「走（はし）りました」（跑了）；選項2是「働（はたら）きました」（工作了）；選項3是「止（と）まりました」（停了）；選項4是「磨（みが）きました」（擦了、刷了）。

8 郵便局（ゆうびんきょく）で 五十円（ごじゅうえん）の （ 切手（きって） ）を 三枚（さんまい） 買（か）いました。

1 きっぷ　2 きって　3 せっけん　4 りっぱ

中譯 在郵局買了三張五十日圓的郵票。

解說 本題考有「促音」的名詞或形容詞。選項1是「切符（きっぷ）」（車票）；選項2是「切手（きって）」（郵票）；選項3是「石鹸（せっけん）」（肥皂）；選項4是「立派（りっぱ）」（宏偉、偉大、卓越）。

9 昨日（きのう） （ デパート ）で 洋服（ようふく）を 買（か）いました。

1 デパート　2 ストーブ　3 スポーツ　4 スプーン

中譯 昨天在百貨公司買了衣服。

解說 本題考「外來語」。選項1是「デパート」（百貨公司）；選項2是「ストーブ」（火爐、暖爐）；選項3是「スポーツ」（運動）；選項4是「スプーン」（湯匙）。

10 疲（つか）れましたから、（ ゆっくり ） 休（やす）みましょう。

1 まっすぐ　2 ゆっくり　3 いったい　4 けっこう

中譯 因為很累了，所以好好地休息吧！

解說 本題考有促音的「副詞」。選項1是「まっすぐ」（筆直地）；選項2是「ゆっくり」（好好地、慢慢地）；選項3是「一体（いったい）」（究竟）；選項4是「けっこう」（相當地）。

文法

1 冬休み(ふゆやす)は　昨日(きのう)（　から　）　始(はじ)まりました。

1　から　　2　まで　　3　など　　4　ごろ

中譯 寒假從昨天開始了。

解說 本題考「助詞」。選項1是助詞「から」（從～開始）；選項2是助詞「まで」（到～為止）；選項3是助詞「など」（～等等）；選項4是接尾詞「頃(ごろ)」（～左右）。

2 映画館(えいがかん)（　へ　）　映画(えいが)を　見(み)に　行(い)きます。

1　で　　**2　へ**　　3　を　　4　と

中譯 要去電影院看電影。

解說 本題考「助詞」。選項1是「で」（在～〔地方〕）；選項2是「へ」（去～〔地方〕）；選項3是「を」（表示動作、作用的對象）；選項4是「と」（和～〔一起〕）。本題語尾的「行(い)きます」（去～）是具有「方向性的移動動詞」，所以答案要選助詞「へ」，表示動作進行的方向或目標。

3 どれ（　が　）　山田(やまだ)さんの　靴(くつ)ですか。

1　の　　2　を　　3　は　　**4　が**

中譯 哪一雙是山田先生的鞋子呢？

解說 本題考助詞「が」的句型。句型「疑問詞＋が＋疑問句」當中，助詞「が」用來提示主題，並強調詢問的內容。看到題目中的「どれ」（哪一個）是疑問詞，就知道答案是選項4「が」。

4 ここから　ホテルまで　一時間(いちじかん)（　ぐらい　）　かかります。

1　でも　　2　ごろ　　**3　ぐらい**　　4　しか

中譯 從這裡到飯店，要花一個小時左右。

解說 本題考「助詞」。選項1是助詞「でも」（即使～）；選項2是接尾詞「頃(ごろ)」（～左右）；選項3是助詞「ぐらい」（～左右）；選項4是助詞「しか」（只有～；後面必須接續否定）。

若以中文翻譯來思考，選項2的「頃（ごろ）」和選項3的「ぐらい」有可能是答案。其實兩者用法不同，「頃（ごろ）」接續在時間之後，指的是時間點的前後，例如「一時頃（いちじごろ）」（一點左右），而「ぐらい」接續在數量詞之後，指的是數量的多寡，例如「一時間（いちじかん）ぐらい」（一個小時左右）、「三（さん）キロぐらい」（三公斤左右、三公里左右），所以答案是選項3「ぐらい」。

5 一昨日（おととい）は　天気（てんき）が　とても　（　よかったです　）。

1　いいです　　2　よいです　　3　いいでした　　**4　よかったです**

中譯　前天天氣非常好。

解說　題目中主詞「一昨日（おととい）」（前天）代表過去，「いい」（好的）為「い形容詞」，所以本題是考「い形容詞」的「過去肯定」。「いい」（好的）的變化整理如下：

	現在	過去
肯定	いい（好的）	よかった（過去是好的）
否定	よくない（不好的）	よくなかった（過去是不好的）

6 弟（おとうと）は　肉（にく）が　あまり　（　好（す）きでは　）　ありません。

1　すきく　　**2　すきでは**　　3　すきな　　4　すきくて

中譯　弟弟不太喜歡肉。

解說　本題考「な形容詞的現在否定」。「好（す）き」（喜歡）為「な形容詞」，其變化整理如下：

	現在	過去
肯定	好（す）きです（喜歡）	好（す）きでした（過去喜歡）
否定	好（す）きではありません（不喜歡）	好（す）きではありませんでした（過去不喜歡）

7 この洋服（ようふく）は　（　可愛（かわい）くて　）、安（やす）いです。

1　かわいい　　2　かわいく　　**3　かわいくて**　　4　かわいいで

中譯　這件衣服既可愛又便宜。

解說　本題考「い形容詞的中止形」。當一個句子裡有二個形容詞時，前面的

那個形容詞必須變化成中止形，也就是以「～で」或是「～て」作為接續方式。「可愛い」（可愛的）是い形容詞。い形容詞的「中止形」是「～~~い~~＋くて」，也就是要將「可愛い」先去掉「い」，再加上「くて」，所以答案為選項3「可愛くて」。

8 私は　（　暇な　）時、本を　読みます。

1　ひま　　2　ひまに　　**3　ひまな**　　4　ひまだ

中譯　我在閒暇時會看書。

解說　本題考「な形容詞的接續」。「暇」（閒暇）是「な形容詞」，當後面要接續名詞「時」（時候）時，必須加上「な」，所以答案為選項3「暇な」。

9 父は　新聞を　（　読み　）ながら、朝ご飯を　食べます。

1　よみ　　2　のみ　　3　み　　4　すみ

中譯　父親一邊閱讀報紙，一邊吃早餐。

解說　本題考接續助詞「ながら」的用法。動詞接續「ながら」時，變化為「動詞~~ます~~形＋ながら」，表示「一邊～一邊～」。所以要將動詞「読みます」先去掉「ます」，再接續「ながら」，成為「読みながら」（一邊閱讀，一邊～）。

10 家を　（　出る　）前に、電話して　ください。

1　でる　　2　でて　　3　でた　　4　でれ

中譯　請在出門前給我電話。

解說　本題考「動詞接續名詞」的方法。當動詞要修飾名詞時，必須使用「常體」，以本題「出る」（離開、出去）為例，只有以下四種可能：

現在肯定	現在否定	過去肯定	過去否定
出る （出去）	出ない （不出去）	出た （出去了）	出なかった （過去沒出去）

此外，句型「X前にY」，表示Y發生在X發生之前。不管Y的時態是什麼，「X前に」的X一定要用辭書形，所以答案為選項1「出る」。

11天

12 天

考題

文字・語彙

1 ときどき　いぬと　こうえんを　散歩します。

1　さんします　　2　さんぼします

3　さんほします　　4　さんぽします

2 そのくるまは　交差点で　とまりました。

1　こうさてん　　2　こうざてん

3　こうさくてん　　4　こうざくてん

3 こうえんに　木が　たくさん　あります。

1　か　　2　き　　3　は　　4　み

4 あなたの　でんわばんごうを　おしえて　ください。

1　号馬　　2　番数　　3　号番　　4　番号

5 ゆうびんきょくは　どこですか。

1　郵信局　　2　郵便局　　3　郵届局　　4　郵件局

6 おなかが　いたいですから、びょういんへ　いきます。

1　医院　　2　診察院　　3　美容院　　4　病院

7 あしたは　（　　　　）です。あさっては　ここのかです。

1　むいか　　2　なのか　　3　ようか　　4　とおか

8 おとうとは　（　　　　）　プールへ　およぎに　いきます。
1　あまり　　2　よく　　3　とても　　4　たいへん

9 げんかんで　くつを　（　　　　）から、はいります。
1　はいて　　2　はいで　　3　とって　　4　ぬいで

10 ねるまえに　（　　　　）を　みがきます。
1　め　　2　は　　3　みみ　　4　はな

文法

1 わたしは　せんせいに　（　　　　）たいです。
1　なり　　2　なる　　3　なれ　　4　なら

2 あした、いっしょに　ごはんを　たべ（　　　　）。
1　ました　　2　ません　　3　ましょう　　4　ましたか

3 アメリカじんは　はし（　　　　）　ごはんを　たべません。
1　で　　2　に　　3　を　　4　が

4 せいとは　ぜんぶ（　　　　）　三十八にん　います。
1　へ　　2　で　　3　を　　4　と

5 わたしは　ぎゅうにくと　やさい（　　　　）　すきです。
1　が　　2　を　　3　は　　4　の

6 （　　　　）から、ギターを　ひきます。

1　ひま　　2　ひまな　　3　ひまだ　　4　ひまの

7 すみません。もう　すこし　（　　　　）　ください。

1　まつ　　2　まち　　3　まって　　4　まった

8 きょうは　（　　　　）　さむくありません。

1　とても　　2　あまり　　3　いつも　　4　もっと

9 さいふには　おかねが　百円（　　　　）　ありません。

1　しか　　2　だけ　　3　ごろ　　4　など

10 いえの　そとに　（　　　　）が　いますか。

1　どれ　　2　だれ　　3　いつ　　4　どこ

解答

文字・語彙（每題 5 分）

1	2	3	4	5	6	7	8	9	10
4	1	2	4	2	4	3	2	4	2

文法（每題 5 分）

1	2	3	4	5	6	7	8	9	10
1	3	1	2	1	3	3	2	1	2

得分（滿分 100 分）

/100

中文翻譯＋解說

文字・語彙

1 時々（ときどき）　犬（いぬ）と　公園（こうえん）を　散歩します（さんぽ）。

1　さんします　　2　さんぼします

3　さんほします　　4　さんぽします

中譯　有時候和狗在公園散步。

2 その車（くるま）は　交差点（こうさてん）で　止（と）まりました。

1　こうさてん　　2　こうざてん

3　こうさくてん　　4　こうざくてん

中譯　那台車在十字路口停了。

3 公園（こうえん）に　木（き）が　たくさん　あります。

1　か　　2　き　　3　は　　4　み

中譯　公園裡有很多樹。

解說　本題考「植物」。選項1是「蚊（か）」（蚊子）；選項2是「木（き）」（樹木）；選項3是「葉（は）」（葉子）；選項4是「実（み）」（果實）。

4 あなたの　電話番号（でんわばんごう）を　教（おし）えて　ください。

1　号馬　　2　番数　　3　号番　　4　番号

中譯　請告訴我，你的電話號碼。

5 郵便局（ゆうびんきょく）は　どこですか。

1　郵信局　　2　郵便局　　3　郵届局　　4　郵件局

中譯　郵局在哪裡呢？

6 お腹（なか）が　痛（いた）いですから、<u>病院（びょういん）</u>へ　行（い）きます。

1　医院　　2　診察院　　3　美容院　　4　病院

中譯　因為肚子痛，所以要去醫院。

7 明日（あした）は　（　八日（ようか）　）です。明後日（あさって）は　九日（ここのか）です。

1　むいか　　2　なのか　　3　ようか　　4　とおか

中譯　明天是八號。後天是九號。

解說　本題考「日期」。選項1是「六日（むいか）」（六日）；選項2是「七日（なのか）」（七日）；選項3是「八日（ようか）」（八日）；選項4是「十日（とおか）」（十日）。常考「日期」整理如下：

一日（ついたち）	二日（ふつか）	三日（みっか）	四日（よっか）	五日（いつか）
六日（むいか）	七日（なのか）	八日（ようか）	九日（ここのか）	十日（とおか）
十四日（じゅうよっか）	十九日（じゅうくにち）	二十日（はつか）		

8 弟（おとうと）は　（　よく　）　プールへ　泳（およ）ぎに　行（い）きます。

1　あまり　　2　よく　　3　とても　　4　たいへん

中譯　弟弟經常去游泳池游泳。

解說　本題考「副詞」。選項1是「あまり」（不太～；後面接續否定）；選項2是「よく」（經常、好好地）；選項3是「とても」（非常）；選項4是「大変（たいへん）」（很、非常）。

9 玄関（げんかん）で　靴（くつ）を　（　脱（ぬ）いで　）から、入（はい）ります。

1　はいて　　2　はいで　　3　とって　　4　ぬいで

中譯　在玄關脫鞋後再進去。

解說　本題考「動詞的て形」。選項1是「履（は）いて」（穿）；選項2無此字；選項3是「取（と）って」（拿取）；選項4是「脱（ぬ）いで」（脫）。

10 寝(ね)る前(まえ)に　（　歯(は)　）を　磨(みが)きます。

1　め　　**2　は**　　3　みみ　　4　はな

中譯　睡覺前刷牙。

解說　本題考「器官」。選項1是「目(め)」（眼睛）；選項2是「歯(は)」（牙齒）；選項3是「耳(みみ)」（耳朵）；選項4是「鼻(はな)」（鼻子）。

文法

1 私(わたし)は　先生(せんせい)に　（　なり　）たいです。

1　なり　　2　なる　　3　なれ　　4　なら

中譯　我想成為老師。

解說　本題考「動詞~~ます~~形＋たいです」（我想～）的句型。「なります」（變～、成為～）這個動詞，要先去掉「ます」，變成「なり」，才能接續「たい」（想～），所以答案是選項1。

2 明日(あした)、一緒(いっしょ)に　ご飯(はん)を　食(た)べ（　ましょう　）。

1　ました　　2　ません　　**3　ましょう**　　4　ましたか

中譯　明天，一起吃飯吧！

解說　本題考「動詞~~ます~~形＋ましょう」（一起～吧）這個用來邀約的句型。

3 アメリカ人(じん)は　箸(はし)（　で　）　ご飯(はん)を　食(た)べません。

1　で　　2　に　　3　を　　4　が

中譯　美國人不用筷子吃飯。

解說　本題考「助詞」。助詞「で」的用法很多，本題表示「手段、方法」，中文可翻譯成「用～」。

4 生徒(せいと)は　全部(ぜんぶ)（　で　）　三十八人(さんじゅうはちにん)　います。

1　へ　　2　で　　3　を　　4　と

中譯　學生總共有三十八人。

解說　本題考「助詞」。助詞「で」的用法很多，本題表示「數量計算的範圍」，中文可翻譯成「總共～」。

5 私(わたし)は　牛肉(ぎゅうにく)と　野菜(やさい)（　が　）　好(す)きです。

1　が　　2　を　　3　は　　4　の

中譯　我喜歡牛肉和蔬菜。

解說　本題考「AはBが好(す)きです」（A喜歡B）的句型。

6 （　暇(ひま)だ　）から、ギターを　弾(ひ)きます。

1　ひま　　2　ひまな　　3　ひまだ　　4　ひまの

中譯　因為很閒，所以彈吉他。

解說　本題考「な形容詞的接續」以及助詞「から」的用法。

首先「原因句＋から＋結果句」表示「因為～，所以～」。此時「から」的前面，必須是一個句子。「暇(ひま)」（閒暇）為「な形容詞」，成為句子時，就是「暇(ひま)だ」或是「暇(ひま)です」，故答案為選項3。

7 すみません。もう　すこし　（　待(ま)って　）　ください。

1　まつ　　2　まち　　3　まって　　4　まった

中譯　不好意思。請稍候。

解說　本題考「動詞て形＋ください」（請～）的句型。動詞「待(ま)ちます」（等待）必須變化為て形，也就是促音便「待(ま)って」。

8 今日(きょう)は　（　あまり　）　寒(さむ)くありません。

1　とても　　2　あまり　　3　いつも　　4　もっと

中譯　今天不太冷。

解說　本題考「あまり～ない」（不太～）的句型。因為本題句尾為「寒(さむ)くありません」（不冷），所以答案為選項2。

9 財布(さいふ)には　お金(かね)が　百円(ひゃくえん)（　しか　）　ありません。

1　しか　　2　だけ　　3　ごろ　　4　など

中譯　錢包裡面，錢只有一百日圓。

解說　本題考「しか～ない」（只有～）的句型。因為本題句尾為「ありません」（沒有），所以答案為選項1。

10 家(いえ)の　外(そと)に　（　誰(だれ)　）が　いますか。

1　どれ　　2　だれ　　3　いつ　　4　どこ

中譯　家的外面有誰在呢？

解說　本題考「疑問詞＋が＋疑問句」的句型。此時助詞「が」用來提示主題，並強調詢問的內容。

四個候選的「主題」中，選項1是「どれ」（哪一個）；選項2是「誰(だれ)」（誰）；選項3是「いつ」（何時）；選項4是「どこ」（哪裡）。看到語尾的「詢問內容」是「いますか」（有〔人〕嗎？），就知道答案要搭配選項2「誰(だれ)」（誰）。

考題

文字・語彙

1 かれは　がいこくで　生まれました。

1　かまれました　　2　うまれました

3　なまれました　　4　すまれました

2 きょうの　空は　ほんとうに　あおいです。

1　から　　2　くう　　3　そら　　4　あき

3 この靴は　たいへん　ふるいです。

1　かつ　　2　くつ　　3　こつ　　4　けつ

4 べんきょうして　いますから、しずかに　して　ください。

1　静かに　　2　賑やかに　　3　安かに　　4　煩かに

5 大きい　れいぞうこが　ほしいです。

1　冷貯箱　　2　冷貯庫　　3　冷蔵箱　　4　冷蔵庫

6 きょうは　あねの　たんじょうびです。

1　生誕日　　2　誕生日　　3　誕産日　　4　生宴日

7 ごはんを　たべるまえに　シャワーを　（　　　）。

1　あびます　　2　はいります　3　いります　　4　あらいます

8 こどもの　とき、よく　（　　　）に　のぼりました。

1　かわ　　2　やま　　3　うみ　　4　みち

9 （　　　）で　なにを　かいましたか。

1　デプート　　2　デポート　　3　デピート　　4　デパート

10 むすこは　きのう　（　　　）　でんしゃに　のりました。

1　はじめに　　2　はじめて　　3　まっすぐ　　4　たいてい

文法

1 ここは　びょういんです。（　　　）　して　ください。

1　しずか　　2　しずかな　　3　しずかだ　　4　しずかに

2 これは　きのう　（　　　）ざっしです。

1　かう　　2　かって　　3　かった　　4　かいます

3 どれ（　　　）　あなたの　めがねですか。

1　は　　2　が　　3　を　　4　の

4 つくえの　した（　　　）　いぬが　います。

1　に　　2　は　　3　で　　4　へ

5 わたしは　りょうりが　じょうず（　　　）　なりました。

1　と　　2　の　　3　を　　4　に

6 このかばんは　（　　　）ありません。

1　やすい　　2　やすく　　3　やすいく　　4　やすいでは

7 きのうは　いえに　（　　　　）、すぐ　ねました。

1　つく　　2　ついた　　3　ついて　　4　つきます

8 じゅぎょうの　ときは　はなしを　（　　　　）　ください。

1　しない　　2　しなくて　　3　しないで　　4　しないに

9 わたしは　がっこうに　（　　　　）まえに　プールで　およぎます。

1　いく　　2　いき　　3　いって　　4　いった

10 れいぞうこには　卵（　　　　）　はいって　いません。

1　だけ　　2　しか　　3　こと　　4　ほか

解答

文字・語彙（每題 5 分）

1	2	3	4	5	6	7	8	9	10
2	3	2	1	4	2	1	2	4	2

文法（每題 5 分）

1	2	3	4	5	6	7	8	9	10
4	3	2	1	4	2	3	3	1	2

得分（滿分 100 分）

/100

中文翻譯＋解說

文字・語彙

1 彼(かれ)は　外国(がいこく)で　生(う)まれました。

1　かまれました　　2　うまれました

3　なまれました　　4　すまれました

中譯　他在國外出生。

2 今日(きょう)の　空(そら)は　本当(ほんとう)に　青(あお)いです。

1　から　　2　くう　　3　そら　　4　あき

中譯　今天的天空真的很藍。

3 この靴(くつ)は　大変(たいへん)　古(ふる)いです。

1　かつ　　2　くつ　　3　こつ　　4　けつ

中譯　這雙鞋子非常舊。

4 勉強(べんきょう)して　いますから、静(しず)かに　して　ください。

1　静かに　　2　賑やかに　　3　安かに　　4　煩かに

中譯　因為我正在讀書，所以請安靜。

解說　本題考「な形容詞變化成副詞後的型態」。な形容詞要修飾動詞時，必須變化成副詞。變化成副詞的方式為「語幹＋に」。選項1是「静(しず)かに」（安靜地）；選項2是「賑(にぎ)やかに」（熱鬧地）；選項3無此字；選項4無此字。

5 大(おお)きい　冷蔵庫(れいぞうこ)が　ほしいです。

1　冷貯箱　　2　冷貯庫　　3　冷蔵箱　　4　冷蔵庫

中譯　想要大的冰箱。

13天

6 今日は　姉の　誕生日です。

1　生誕日　　2　誕生日　　3　誕産日　　4　生宴日

中譯　今天是姊姊的生日。

7 ご飯を　食べる前に　シャワーを　（　浴びます　）。

1　あびます　　2　はいります　3　いります　　4　あらいます

中譯　吃飯之前淋浴。

解說　本題考「動詞」。選項1是「浴びます」（淋）；選項2是「入ります」（進入）；選項3是「要ります」（要）；選項4是「洗います」（洗）。日語講到洗澡，「シャワーを浴びます」（淋浴）以及「お風呂に入ります」（泡澡）是固定用法。

8 子供の　時、よく　（　山　）に　登りました。

1　かわ　　2　やま　　3　うみ　　4　みち

中譯　孩提時代，經常爬山。

解說　本題考「地點」。選項1是「川」（河川）；選項2是「山」（山）；選項3是「海」（海洋）；選項4是「道」（道路）。

9 （　デパート　）で　何を　買いましたか。

1　デプート　　2　デポート　　3　デピート　　4　デパート

中譯　在百貨公司買了什麼呢？

解說　本題考「外來語」。只有選項4正確，其餘選項皆沒有該字。

10 息子は　昨日　（　初めて　）　電車に　乗りました。

1　はじめに　2　はじめて　　3　まっすぐ　　4　たいてい

中譯　兒子昨天第一次搭電車。

解說　本題考「頻率副詞」。選項1是名詞「始め」＋助詞「に」形成的「始めに」（最初、一開始）；選項2是副詞「初めて」（初次）；選項3是副詞「まっすぐ」（筆直地）；選項4是副詞「大抵」（大多）。

文法

1　ここは　病院（びょういん）です。（　静（しず）かに　）　して　ください。

1　しずか　　2　しずかな　　3　しずかだ　　4　しずかに

中譯　這裡是醫院。請安靜。

解說　本題考「な形容詞」的接續。「静（しず）か」（安靜）是な形容詞，「して」（做～）是動詞。な形容詞要修飾動詞時，必須變化成副詞。變化成副詞的方式為「語幹＋に」，也就是「静（しず）か＋に」。

2　これは　昨日（きのう）　（　買（か）った　）雑誌（ざっし）です。

1　かう　　2　かって　　3　かった　　4　かいます

中譯　這是昨天買的雜誌。

解說　本題考「動詞接續名詞」的方法。當動詞要修飾名詞時，必須使用「常體」，以本題「買（か）う」（買）為例，只有以下四種可能：

現在肯定	現在否定	過去肯定	過去否定
買（か）う（買）	買（か）わない（不買）	買（か）った（買了）	買（か）わなかった（過去沒買）

由於題目中出現「昨日（きのう）」（昨天），表示事情發生在過去，所以答案要選「過去肯定」的「買（か）った」（買了）。

3　どれ（　が　）　あなたの　眼鏡（めがね）ですか。

1　は　　2　が　　3　を　　4　の

中譯　哪一副是你的眼鏡呢？

解說　本題考「疑問詞＋が＋疑問句」的句型。助詞「が」的用法很多，當接續在「疑問詞」的後面時，除了用來提示主詞外，也用來強調詢問的內容。由於題目中有「どれ」（哪一個）這個疑問詞，所以答案是選項2。

13天

4 机の　下（　に　）　犬が　います。

1　に　　2　は　　3　で　　4　へ

中譯　桌子下面有狗。

解說　本題考「地點＋に＋存在動詞」的句型。此時的助詞「に」，表示人或物存在的地點。所謂的存在動詞，指的就是「あります」（有物品的存在）和「います」（有人或生物的存在）。由於題目中有「犬がいます」（有狗），所以答案是選項1。

5 私は　料理が　上手（　に　）　なりました。

1　と　　2　の　　3　を　　**4　に**

中譯　我做菜變厲害了。

解說　本題考「な形容詞」的接續。「上手」（厲害、擅長）是な形容詞，「なりました」（變得～）是動詞。な形容詞要修飾動詞時，必須變化成副詞。變化成副詞的方式為「語幹＋に」，也就是「上手＋に」，故答案為選項4。

6 この鞄は　（　安く　）ありません。

1　やすい　　**2　やすく**　　3　やすいく　　4　やすいでは

中譯　這個包包不便宜。

解說　本題考「い形容詞」的「丁寧形」的否定用法。「安い」（便宜的）為「い形容詞」，其「丁寧形」的變化整理如下：

	現在	過去
肯定	安いです（便宜）	安かったです（過去便宜）
否定	安くないです / 安くありません （不便宜）	安くなかったです / 安くありませんでした （過去不便宜）

7 昨日は　家に　（　着いて　）、すぐ　寝ました。

1　つく　　2　ついた　　**3　ついて**　　4　つきます

中譯　昨天到家之後，馬上睡覺了。

解說　本題考「動詞て形」的句型。「動詞$_1$て＋動詞$_2$ます」句型當中，用「動詞て形」連接二個（以上）的句子，並表達動作的順序，所以答案為選項3。

8　授業(じゅぎょう)の　時(とき)は　話(はなし)を　（　しないで　）　ください。

1　しない　　2　しなくて　　**3　しないで**　　4　しないに

中譯　上課的時候，請不要說話。

解說　本題考「動詞ない形」的相關句型。「動詞ない形＋で＋ください」的中文意思是「請不要～」。動詞「します」（做～）的「ない形」是直接去掉「ます」加上「ない」變成「しない」，所以答案是選項3「しないで」。

9　私(わたし)は　学校(がっこう)に　（　行(い)く　）　前(まえ)に　プールで　泳(およ)ぎます。

1　いく　　2　いき　　3　いって　　4　いった

中譯　我去學校前，會在泳池游泳。

解說　本題考「動詞接續名詞」的方法。當動詞要修飾名詞時，必須使用「常體」，以本題「行(い)く」（去）為例，只有以下四種可能：

現在肯定	現在否定	過去肯定	過去否定
行(い)く（去）	行(い)かない（不去）	行(い)った（去了）	行(い)かなかった（過去沒去）

此外，考題的「～前(まえ)に泳(およ)ぎます」（在～之前游泳）屬於「X前(まえ)にY」句型，表示Y發生在X發生之前。此時不管Y的時態是什麼，「X前(まえ)に」的X一定要用辭書形，所以答案為選項1「行(い)く」。

10　冷蔵庫(れいぞうこ)には　卵(たまご)（　しか　）　入(はい)って　いません。

1　だけ　　**2　しか**　　3　こと　　4　ほか

中譯　冰箱裡只有放著蛋。

解說　本題考「しか～ない」（只有～）的句型。因為本題句尾「入(はい)っていません」（沒有放）為否定，所以答案為選項2。至於選項1的「だけ」雖然中文也是「只有～」，但其後面必須接續肯定，所以非正確選項。

14 天

考題

文字・語彙

1 かぜですから、水を　たくさん　のみます。

1　さけ　　2　みず　　3　おちゃ　　4　あめ

2 わかい　とき、大学で　あまり　べんきょうしませんでした。

1　たいかく　　2　たいがく　　3　だいかく　　4　だいがく

3 ともだちと　池の　まえで　ごはんを　たべました。

1　いか　　2　いけ　　3　いし　　4　いわ

4 川の　みずは　きたないです。

1　染い　　2　汚い　　3　長い　　4　細い

5 このみせの　りょうりは　まずくて、たかいです。

1　難味くて　　2　悪味くて　　3　美味くて　　4　不味くて

6 あぶないですから、なかに　入らないで　ください。

1　危ない　　2　険ない　　3　汚ない　　4　少ない

7 たいせつな　時計ですから、（　　　　）　ください。

1　おさないで　　2　けさないで

3　ださないで　　4　なくさないで

8 いつもは　でんしゃですが、（　　　　）　歩いて　いきます。

1　たいへん　　2　ときどき　　3　はじめに　　4　たいてい

9 わたしの　アパートの　へやは　（　　　　）ですが、きれいです。

1　ほそい　　2　せまい　　3　わかい　　4　はやい

10 ちちは　（　　　　）に　のって、かいしゃへ　いきます。

1　げんかん　　2　しんぶん　　3　ちかてつ　　4　どうぶつ

文法

1 ちちは　しごと（　　　　）　がいこくへ　いきました。

1　を　　2　の　　3　で　　4　に

2 へやの　なかで　ぼうし（　　　　）　かぶらないで　ください。

1　の　　2　が　　3　を　　4　で

3 おねえさんは　いま　どこ（　　　　）　いますか。

1　に　　2　へ　　3　で　　4　が

4 きのうは　とても　（　　　　）かったです。

1　あつ　　2　あつい　　3　あつく　　4　あつくて

5 いもうとは　スポーツ（　　　　）　きらいです。

1　が　　2　を　　3　の　　4　と

14天

6 たまごは　十二（　　　　）　二百三十円です。

1　を　　2　で　　3　に　　4　の

7 あねは　いま　がいこくで　にほんごを　（　　　　）。

1　おしえます　　2　おしえました

3　おしえて　います　　4　おしえて　ください

8 わたしは　いえに　（　　　　）あと、すぐ　シャワーを　あびます。

1　かえる　　2　かえるの　　3　かえって　　4　かえった

9 もう　だいじょうぶです。（　　　　）　なりました。

1　げんき　　2　げんきな　　3　げんきで　　4　げんきに

10 わたしは　一年（　　　　）　にかい　がいこくへ　いきます。

1　が　　2　は　　3　に　　4　の

解答

文字・語彙（每題 5 分）

1	2	3	4	5	6	7	8	9	10
2	4	2	2	4	1	4	2	2	3

文法（每題 5 分）

1	2	3	4	5	6	7	8	9	10
3	3	1	1	1	2	3	4	4	3

得分（滿分 100 分）

/100

中文翻譯＋解說

文字・語彙

1 風邪（かぜ）ですから、水（みず）を　たくさん　飲（の）みます。

1　さけ　　2　みず　　3　おちゃ　　4　あめ

中譯　因為感冒，所以喝很多水。

解說　其餘選項：選項1是「酒（さけ）」（酒）或「鮭（さけ）」（鮭魚）；選項3是「お茶（ちゃ）」（茶）；選項4是「雨（あめ）」（雨天）或「飴（あめ）」（糖果）。

2 若（わか）い　時（とき）、大学（だいがく）で　あまり　勉強（べんきょう）しませんでした。

1　たいかく　　2　たいがく　　3　だいかく　　4　だいがく

中譯　年輕的時候，在大學不太讀書。

3 友達（ともだち）と　池（いけ）の　前（まえ）で　ご飯（はん）を　食（た）べました。

1　いか　　2　いけ　　3　いし　　4　いわ

中譯　和朋友在池塘前面吃了飯。

解說　本題考「自然景觀」。選項1是「烏賊（いか）」（花枝）；選項2是「池（いけ）」（池塘）；選項3是「石（いし）」（石頭）；選項4是「岩（いわ）」（岩石）。

4 川（かわ）の　水（みず）は　汚（きたな）いです。

1　染い　　2　汚い　　3　長い　　4　細い

中譯　河川的水很髒。

解說　其餘選項：選項1無此字；選項3是「長（なが）い」（長的）；選項4是「細（ほそ）い」（細的、狹窄的）。

5 この店（みせ）の　料理（りょうり）は　不味（まず）くて、高（たか）いです。

1　難味くて　　2　悪味くて　　3　美味くて　　4　不味くて

中譯　這家店的料理既難吃又貴。

解說　本題考「い形容詞的中止形」。一個句子裡有二個形容詞時，會以「～て、～」形式出現，中文翻譯成「既～又～」。本題是以「高い」（貴的）為結尾，所以答案只能選擇同樣是負面評價的「不味くて」（難吃）。

6　危ないですから、中に　入らないで　ください。

1　危ない　　2　険ない　　3　汚ない　　4　少ない

中譯　因為很危險，所以請勿進入。

解說　本題考發音以「ない」結尾的「い形容詞」。選項1是「危ない」（危險的）；選項2無此字；選項3正確寫法應該是「汚い」（骯髒的）；選項4是「少ない」（少的）。

7　大切な　時計ですから、（　無くさないで　）　ください。

1　おさないで　　2　けさないで

3　ださないで　　4　なくさないで

中譯　因為是很重要的手錶，所以請不要弄丟。

解說　本題考動詞「辭書形」以「す」為結尾的動詞「ない形」。選項1是「押す（按壓）→押さない（不按壓）」；選項2是「消す（關〔燈〕、消除）→消さない（不關〔燈〕、不消除）」；選項3是「出す（交出）→出さない（不交出）」；選項4是「無くす（弄丟）→無くさない（不弄丟）」。

8　いつもは　電車ですが、（　時々　）　歩いて　行きます。

1　たいへん　　2　ときどき　　3　はじめに　　4　たいてい

中譯　雖然經常都是搭電車，但是偶爾走路去。

解說　本題考「頻率副詞」。選項1是副詞「大変」（非常、很）；選項2是副詞「時々」（偶爾）；選項3是名詞「始め」＋助詞「に」形成的「始めに」（最初、一開始）；選項4是副詞「大抵」（大多）。

9 私の　アパートの　部屋は　（　狭い　）ですが、綺麗です。

1　ほそい　　2　せまい　　3　わかい　　4　はやい

中譯　我公寓的房間雖然很窄，但是很漂亮。

解說　本題考助詞「が」的句型。「句子$_1$＋が＋句子$_2$」句型中，助詞「が」用來表示「逆接」，中文翻譯成「雖然～但是～」。由於句子$_2$是「綺麗」（漂亮、乾淨），所以句子$_1$中的解答一定是負面的字。
選項1是「細い」（細的）；選項2是「狭い」（狹窄的）；選項3是「若い」（年輕的）；選項4是「早い」（早的）。答案是選項2。

10 父は　（　地下鉄　）に　乗って、会社へ　行きます。

1　げんかん　　2　しんぶん　　3　ちかてつ　　4　どうぶつ

中譯　父親搭地下鐵去公司。

解說　本題考「日常生活常見名詞」。選項1是「玄関」（玄關）；選項2是「新聞」（報紙）；選項3是「地下鉄」（地下鐵）；選項4是「動物」（動物）。

文法

1 父は　仕事（　で　）　外国へ　行きました。

1　を　　2　の　　3　で　　4　に

中譯　父親因為工作去了國外。

解說　本題考「助詞」。助詞「で」的用法很多，本題用來表示「原因、理由」，中文可翻譯為「因為」。

2 部屋の　中で　帽子（　を　）　被らないで　ください。

1　の　　2　が　　3　を　　4　で

中譯　在房間裡面請不要戴帽子。

解說　本題考「助詞」。助詞「を」表示動作、作用的對象。即「被らない」（不戴）的對象是「帽子」（帽子）。

3 お姉さんは　いま　どこ（　に　）　いますか。

1　に　　2　へ　　3　で　　4　が

中譯　姊姊現在在哪裡呢？

解說　本題考「助詞」。本題句尾出現的「います」（有～）為存在動詞，符合「地點＋に＋存在動詞」的句型，因此答案為選項1「に」，用來表示人存在的地點，中文可翻譯成「在～」。

4 昨日は　とても　（　暑　）かったです。

1　あつ　　2　あつい　　3　あつく　　4　あつくて

中譯　昨天非常熱。

解說　本題選項中的「暑い」（炎熱的）為「い形容詞」，且題目中出現「昨日」（昨天）代表過去，所以本題考「い形容詞過去式」的用法。「暑い」的變化整理如下：

	現在	過去
肯定	暑い（炎熱的）	暑かった（過去是炎熱的）
否定	暑くない（不炎熱的）	暑くなかった（過去是不炎熱的）

5 妹は　スポーツ（　が　）　嫌いです。

1　が　　2　を　　3　の　　4　と

中譯　妹妹討厭運動。

解說　本題考助詞「が」的句型。「AはBが好きです」（A喜歡B），或是「AはBが嫌いです」（A討厭B），句型當中的助詞「が」用來表達對事物的好惡。

6 卵は　十個（　で　）　二百三十円です。

1　を　　2　で　　3　に　　4　の

中譯　雞蛋十個總共二百三十日圓。

解說　本題考「助詞」。助詞「で」的用法很多，本題用來表示「數量計算的範圍」，中文可翻譯為「總共」。

7 姉(あね)は　今(いま)　外国(がいこく)で　日本語(にほんご)を　（　教(おし)えて　います　）。

1　おしえます　　2　おしえました

3　おしえて　います　　4　おしえて　ください

中譯　姊姊現在在國外教日文。

解說　本題考「動詞て形＋います」句型，此句型用來表達習慣性重複某一個動作，或是職業、身分。題目中「教日文」為職業，所以答案是選項3。

8 私(わたし)は　家(いえ)に　（　帰(かえ)った　）後(あと)、すぐ　シャワーを　浴(あ)びます。

1　かえる　　2　かえるの　　3　かえって　　4　かえった

中譯　我回家後，會立刻淋浴。

解說　本題考「動詞た形＋後(あと)、句子」（在～之後，做～）句型，所以答案要選「動詞た形」，也就是選項4「帰(かえ)った」（回家之後）。

9 もう　大丈夫(だいじょうぶ)です。（　元気(げんき)に　）　なりました。

1　げんき　　2　げんきな　　3　げんきで　　4　げんきに

中譯　已經沒事了。恢復元氣了。

解說　本題考「な形容詞的接續」。「元気(げんき)」（有朝氣）為な形容詞，後面接續動詞時，必須變成副詞，才能修飾動詞。な形容詞變成副詞的方式是「語幹＋に」，也就是選項4「元気(げんき)に」。

10 私(わたし)は　一年(いちねん)（　に　）　二回(にかい)　外国(がいこく)へ　行(い)きます。

1　が　　2　は　　3　に　　4　の

中譯　我一年出國二次。

解說　本題考「助詞」。「に」的用法很多，本題的「一年(いちねん)」（一年）是期間，「二回(にかい)」（二次）是次數，所以要用「に」來表示「比例或是分配的基準」。

考題

讀解

もんだい 1

つぎの　ぶんを　読んで　しつもんに　こたえて　ください。こたえは　1・2・3・4から　いちばん　いい　ものを　一つ　えらんで　ください。

> クラスの　みんなへ
>
> 　こんしゅうの　すいようびの　ごご、せんせいと　こうえんへ　いきます。今は　いろいろな　はなが　さいて　います。とてもきれいです。いっしょに　はなを　みませんか。いきたい人は　まえの　日に　ここに　なまえを　かいて　ください。

問1　こんしゅうの　すいようび、なにを　しますか。

1　こうえんへ　いって、なまえを　かきます。

2　いろいろな　はなを　たべます。

3　せんせいと　あって、いろいろな　ことを　はなします。

4　こうえんで　はなを　みます。

問2　いきたい人は　いつ　なまえを　かきますか。

1　げつようびに　かきます。

2　かようびに　かきます。

3　すいようびに　かきます。

4　もくようびに　かきます。

もんだい2

つぎの　ぶんを　読んで　しつもんに　こたえて　ください。こたえは　1・2・3・4から　いちばん　いい　ものを　一つ　えらんで　ください。

田中さんの　つくえの　うえに、木村課長の　メモと　しんぶんが　あります。

田中さん ごご　三じの　会議で　つかうしんぶんを　大木課長に　かりました。赤い　ところの　ぶんしょうを　十三枚　コピーしてください。会議の　一じかんまえまでに　コピーして　ください。コピーは　わたしの　秘書に　わたして　ください。 ごぜんちゅう、わたしは　となりの　へやに　います。でも、お客さんが　います。しんぶんは　わたしが　あした　かえします。わたしの　つくえの　うえに　おいて　ください。ありがとう。 木村

問1　コピーは　いつまでに　しますか。

1　ごご　二じまでに　します。
2　ごご　二じはんまでに　します。
3　ごご　三じまでに　します。
4　ごご　三じはんまでに　します。

問2　田中さんは　コピーを　した　あとで、しんぶんを　どうしますか。

1　ごごの　会議で　つかいます。
2　大木課長の　秘書に　わたします。
3　木村課長の　秘書に　わたします。
4　木村課長の　つくえの　うえに　おきます。

聽解

もんだい1　MP3-15

もんだい1では　はじめに　しつもんを　きいて　ください。それから　はなしを　きいて、もんだいようしの　1から　4の　なかから、いちばん　いい　ものを　ひとつ　えらんで　ください。

1　目が　おおきくて、かおが　ちいさい　人です。
2　目が　おおきくて、かみが　ながい　人です。
3　目が　わるくて、めがねを　かけて　いる人です。
4　口が　わるくて、めがねを　かけて　いる人です。

もんだい2

もんだい2では　はじめに　しつもんを　きいて　ください。そして　1から　3の　なかから、いちばん　いい　ものを　ひとつ　えらんで　ください。

1ばん　MP3-16　①　②　③

2ばん　MP3-17　①　②　③

3ばん　MP3-18　①　②　③

もんだい3

もんだい3では　ぶんを　きいて、1から　3の　なかから、いちばん　いい　ものを　ひとつ　えらんで　ください。

1ばん　MP3-19　①　②　③

2ばん　MP3-20　①　②　③

3ばん　MP3-21　①　②　③

解答

讀解

問題 1（每題 9 分）

1	2
4	2

問題 2（每題 9 分）

1	2
1	4

聽解

問題 1（每題 10 分）

2

問題 2（每題 9 分）

1	2	3
3	3	1

問題 3（每題 9 分）

1	2	3
2	1	3

得分（滿分 100 分）

/100

15
天

中文翻譯＋解說

讀解

問題 1

次の　文を　読んで　質問に　答えて　ください。答えは　1・2・3・4から　一番　いい　ものを　一つ　選んで　ください。

> クラスの　みんなへ
>
> 今週の　水曜日の　午後、先生と　公園へ　行きます。今は　いろいろな　花が　咲いて　います。とても　綺麗です。一緒に　花を　見ませんか。行きたい人は　前の　日に　ここに　名前を　書いて　ください。

問 1　今週の　水曜日、何を　しますか。

1　公園へ　行って、名前を　書きます。
2　いろいろな　花を　食べます。
3　先生と　会って、いろいろな　ことを　話します。
4　公園で　花を　見ます。

問 2　行きたい人は　いつ　名前を　書きますか。

1　月曜日に　書きます。
2　火曜日に　書きます。
3　水曜日に　書きます。
4　木曜日に　書きます。

中譯

致班上的大家

　　這個星期三下午，要和老師去公園。現在正開著各式各樣的花。非常美麗。要不要一起去賞花呢？想去的人，請於前一天在這裡寫下名字。

問1　這個星期三，要做什麼呢？

1　要去公園，寫名字。

2　要吃各式各樣的花。

3　和老師見面，談天說地。

4　在公園賞花。

問2　想去的人，何時寫名字呢？

1　在星期一寫。

2　在星期二寫。

3　在星期三寫。

4　在星期四寫。

解說

- 咲（さ）いています：正在開。「動詞て形＋います」用來表示「正在～」。
- 花（はな）を見（み）ませんか：要不要去賞花呢？「動詞~~ます~~形＋ませんか」用來表示「邀約」，中文翻譯為「要不要～呢？」
- 行（い）きたい人（ひと）：想去的人。「動詞~~ます~~形＋たい」用來表示「希望」，中文翻譯為「想要～」。

問題 2

次の　文を　読んで　質問に　答えて　ください。答えは　1・2・3・4 から　一番　いい　ものを　一つ　選んで　ください。

田中さんの　机の　上に、木村課長の　メモと　新聞が　あります。

> 田中さん
>
> 午後　三時の　会議で　使う新聞を　大木課長に　借りました。赤い ところの　文章を　十三枚　コピーして　ください。会議の　一時間前 までに　コピーして　ください。コピーは　私の　秘書に　渡して　ください。
>
> 午前中、私は　隣の　部屋に　います。でも、お客さんが　います。新聞は　私が　明日　返します。私の　机の　上に　置いて　ください。ありがとう。
>
> 木村

問 1　コピーは　いつまでに　しますか。

1　午後　二時までに　します。

2　午後　二時半までに　します。

3　午後　三時までに　します。

4　午後　三時半までに　します。

問 2　田中さんは　コピーを　した後で、新聞を　どうしますか。

1　午後の　会議で　使います。

2　大木課長の　秘書に　渡します。

3　木村課長の　秘書に　渡します。

4　木村課長の　机の　上に　置きます。

中譯

田中小姐的桌上，有木村課長的留言和報紙。

> 田中小姐
>
> 下午三點的會議要用的報紙，我跟大木課長借了。紅色地方的文章請影印十三張。請在會議前一小時之前印好。印好的東西請交給我的祕書。
>
> 上午，我會在隔壁的房間。但是，有客人。報紙明天我來還。請放在我的桌上。謝謝。
>
> 木村

問1　影印要在何時之前印好呢？

1　下午二時之前印好。

2　下午二時半之前印好。

3　下午三時之前印好。

4　下午三時半之前印好。

問2　田中小姐影印好之後，報紙要如何處理呢？

1　在下午的會議中使用。

2　交給大木課長的祕書。

3　交給木村課長的祕書。

4　放在木村課長的桌子上。

解說

- 物品を人に借(か)りました：向某人借了某物。
- ～までに：在～之前。

聴解

問題 1 MP3-15

問題 1 では　初めに　質問を　聞いて　ください。それから　話を　聞いて、問題用紙の　1 から　4 の　中から、一番　いい　ものを　一つ　選んで　ください。

男の　人と　女の　人が　写真を　見ながら、話して　います。男の　人の　お姉さんは　どの人ですか。

女：この眼鏡を　かけて　いる人は　誰ですか。

男：どの人ですか。

女：この人です。目が　大きくて、髪が　長いです。

男：私の　姉です。

女：綺麗ですね。

男：そうですか。姉は　顔も　大きいです。

女：あなたは　口が　悪いですね。

男の　人の　お姉さんは　どの人ですか。

1　目が　大きくて、顔が　小さい　人です。

2　目が　大きくて、髪が　長い　人です。

3　目が　悪くて、眼鏡を　かけて　いる人です。

4　口が　悪くて、眼鏡を　かけて　いる人です。

中譯

男人和女人正一邊看著照片一邊在說話。男人的姊姊是哪一個人呢？

女：這個戴著眼鏡的人是誰呢？

男：哪一個人呢？

女：這個人。眼睛大大的，頭髮長長的。

男：是我的姊姊。

女：很漂亮耶！

男：那樣啊！我姊姊臉也很大。

女：你的嘴巴很壞耶。

男人的姊姊是哪一個人呢？

1　眼睛大、臉小的人。

2　眼睛大、頭髮長的人。

3　眼睛不好、戴著眼鏡的人。

4　嘴巴很壞、戴著眼鏡的人。

問題 2

問題2では　初めに　質問を　聞いて　ください。そして　1から　3の　中から、一番　いい　ものを　一つ　選んで　ください。

1番　MP3-16

友達は　辞書が　ありません。友達に　何と　言いますか。

1　辞書、貸して　ください。

2　辞書、借りましょうね。

3　辞書、使いますか。

中譯

朋友沒有字典。要對朋友說什麼呢？

1　字典，請借我。

2　字典，我們借來用吧！

3　字典，要用嗎？

2番 MP3-17

果物屋で　バナナを　買います。何と　言いますか。

1　バナナを　どうぞ。

2　バナナを　あげます。

3　バナナを　ください。

中譯

在水果店買香蕉。要說什麼呢？

1　請吃香蕉、請拿香蕉。

2　給你香蕉。

3　請給我香蕉。

3番 MP3-18

レストランで　お店の　人を　呼びます。何と　言いますか。

1　すみません。

2　どうぞ　よろしく。

3　いらっしゃいませ。

中譯

在餐廳呼叫店裡的人。要說什麼呢？

1　不好意思。

2　請多指教。

3　歡迎光臨。

問題(もんだい) 3

問題(もんだい)3では　文(ぶん)を　聞(き)いて、1から　3の　中(なか)から、一番(いちばん)　いい　ものを　一(ひと)つ　選(えら)んで　ください。

1番(ばん)　MP3-19

男：お国(くに)は　どちらですか。

女：1　あちらです。

　　2　台湾(たいわん)です。

　　3　東京大学(とうきょうだいがく)です。

中譯

男：您是哪一國人呢？

女：1　那裡。

　　2　台灣。

　　3　東京大學。

解說

「どちら」可用來問「方向是哪一邊」、「東西是哪一個」、「地點是哪裡」、「人是哪一位」，所以這時候題目中的「お国(くに)」（〔尊稱別人的〕國家）就是答案的關鍵。

2番(ばん)　MP3-20

男：学校(がっこう)は　いつから　始(はじ)まりますか。

女：1　三月二十四日(さんがつにじゅうよっか)からです。

　　2　三週間(さんしゅうかん)くらい　休(やす)みます。

　　3　今年(ことし)から　三年生(さんねんせい)です。

中譯

男：學校從什麼時候開始呢？

女：1　從三月二十四日開始。

　　2　放三個星期左右。

　　3　今年開始是三年級。

解說

本題的重點在於「いつ」（何時）這個疑問詞。

3番（ばん） MP3-21

女：鈴木先生（すずきせんせい）、おはよう　ございます。

男：1　こちらこそ。

　　2　どういたしまして。

　　3　おはよう。

中譯

女：鈴木老師，早安。

男：1　我才是。（彼此彼此。）

　　2　不客氣。

　　3　早！

解說

「おはようございます」（早安）和「おはよう」（早）都是早上遇見人時的招呼用語，差別在於前者更有禮貌。本題中男生是老師，所以女生對老師一定要用「おはようございます」；相對的，老師回覆「おはよう」，有可能女生是學生，屬於晚輩，所以是正確答案無誤。

考題

文字・語彙

1 ストライキは　こんげつの　二日です。

1　ついたち　2　ふつか　3　ようか　4　なのか

2 どの国に　いきたいですか。

1　くに　2　こく　3　にく　4　ごく

3 花瓶の　なかに　はなが　さんぼん　あります。

1　はなびん　2　はなひん　3　かひん　4　かびん

4 いえに　かえってから、ごはんを　つくります。

1　戻って　2　帰って　3　着って　4　入って

5 あには　いつも　ねるまえに　ぎたーを　ひきます。

1　ダター　2　ギター　3　ダクー　4　ギクー

6 きょねん、富士山に　のぼりました。

1　昨年　2　前年　3　今年　4　去年

7 このじてんしゃは　ふるいですから、（　　　）のを　かいます。

1　あたたかい　2　つまらない

3　あたらしい　4　おもしろい

8 たべものでは　たまごや　（　　　　）が　きらいです。

1　みず　　2　おさけ　　3　さかな　　4　しょうゆ

9 きのう　あたまが　（　　　　）、がっこうを　やすみました。

1　ふるくて　　2　いたくて　　3　わるくて　　4　しろくて

10 ははは　（　　　　）で　りょうりを　して　います。

1　ぎんこう　　2　だいどころ

3　げんかん　　4　こうさてん

文法

1 えきの　まえ（　　　　）　まって　いて　ください。

1　で　　2　に　　3　が　　4　を

2 ともだちの　たんじょうびの　とき、ギターを　（　　　　）。

1　ひきます　　2　ひいます　　3　ひします　　4　ひちます

3 バスの　なか（　　　　）　ともだちに　あいました。

1　へ　　2　と　　3　で　　4　が

4 こちらは　社長（　　　　）　木村です。

1　の　　2　に　　3　が　　4　と

5 わたしの　へやは　（　　　　）、せまいです。

1　くらい　　2　くらく　　3　くらくて　　4　くらいな

6 しろい　ワイシャツ（　　　　）　かいたいです。

1　は　　2　が　　3　に　　4　の

7 むすこは　まいにち　六じごろ　がっこう（　　　　）　かえります。

1　を　　2　で　　3　から　　4　まで

8 わたしは　あのりゅうがくせいを　（　　　　）。

1　しません　　2　しりません

3　して　いません　　4　しって　いません

9 れいぞうこの　なかには　（　　　　）　なにも　ありません。

1　まだ　　2　もう　　3　よく　　4　すぐ

10 あさは　（　　　　）　パンを　たべます。

1　たいへん　　2　いったい　　3　たいてい　　4　ちょうど

解答

文字・語彙（每題 5 分）

1	2	3	4	5	6	7	8	9	10
2	1	4	2	2	4	3	3	2	2

文法（每題 5 分）

1	2	3	4	5	6	7	8	9	10
1	1	3	1	3	2	3	2	2	3

得分（滿分 100 分）

/100

中文翻譯＋解說

文字・語彙

1 ストライキは　今月(こんげつ)の　二日(ふつか)です。

1　ついたち　　**2　ふつか**　　3　ようか　　4　なのか

中譯 罷工是本月二日。

解說 本題考「日期」。選項1是「一日(ついたち)」（一日）；選項2是「二日(ふつか)」（二日）；選項3是「八日(ようか)」（八日）；選項4是「七日(なのか)」（七日）。常考「日期」整理如下：

一日(ついたち)	二日(ふつか)	三日(みっか)	四日(よっか)	五日(いつか)
六日(むいか)	七日(なのか)	八日(ようか)	九日(ここのか)	十日(とおか)
十四日(じゅうよっか)	十九日(じゅうくにち)	二十日(はつか)		

2 どの国(くに)に　行(い)きたいですか。

1　くに　　2　こく　　3　にく　　4　ごく

中譯 想去哪一個國家呢？

解說 本題考「国」這個漢字的唸法。選項1「国(くに)」（國家）是訓讀；選項2「国(こく)」是音讀，例如「外国(がいこく)」（外國）。選項3是「肉(にく)」（肉）；選項4是「国(ごく)」也是音讀，例如「中国(ちゅうごく)」（中國）。題目中這種情況固定要用訓讀。

3 花瓶(かびん)の　中(なか)に　花(はな)が　三本(さんぼん)　あります。

1　はなびん　　2　はなひん　　3　かひん　　**4　かびん**

中譯 花瓶中有三朵花。

解說 本題考「花」這個漢字的唸法。最常見的就如同選項4「花瓶(かびん)」中的音讀「花(か)」，以及題目中的訓讀「花(はな)」。

4 家(いえ)に 帰(かえ)ってから、ご飯(はん)を 作(つく)ります。

1 戻って　2 帰って　3 着って　4 入って

中譯 回家之後做飯。

解說 本題考「動詞的て形」。選項1是「戻(もど)って」（返回、恢復）；選項2是「帰(かえ)って」（回〔家〕）；選項3是無此字，正確應為「着(つ)いて」（抵達）；選項4是「入(はい)って」（進入）。

5 兄(あに)は いつも 寝(ね)る前(まえ)に ギターを 弾(ひ)きます。

1 ダター　2 ギター　3 ダクー　4 ギクー

中譯 哥哥總是在睡覺前彈吉他。

6 去年(きょねん)、富士山(ふじさん)に 登(のぼ)りました。

1 昨年　2 前年　3 今年　4 去年

中譯 去年，爬了富士山。

解說 本題考「年」。選項1是「昨年(さくねん)」（過去那一年、去年）；選項2是「前年(ぜんねん)」（前一年、前些年）；選項3是「今年(ことし)」（今年）；選項4是「去年(きょねん)」（去年）。

7 この自転車(じてんしゃ)は 古(ふる)いですから、（ 新(あたら)しい ）のを 買(か)います。

1 あたたかい　2 つまらない　3 あたらしい　4 おもしろい

中譯 這輛腳踏車很舊，所以要買新的。

解說 本題考助詞「から」和「い形容詞」。助詞「から」的用法很多，放在子句之後表示「原因、理由」，所以答案要選「結果」。四個選項皆為い形容詞，選項1是「暖(あたた)かい」（溫暖的）；選項2是「つまらない」（無聊的）；選項3是「新(あたら)しい」（新的）；選項4是「面白(おもしろ)い」（有趣的、可笑的）。

8 食べ物では　卵や　（　魚　）が　嫌いです。

1　みず　　2　おさけ　　**3　さかな**　　4　しょうゆ

中譯　食物當中，我討厭蛋和魚。

解說　本題考「食品」。選項1是「水」（水）；選項2是「お酒」（酒）；選項3是「魚」（魚）；選項4是「醤油」（醬油）。

9 昨日　頭が　（　痛くて　）、学校を　休みました。

1　ふるくて　　**2　いたくて**　　3　わるくて　　4　しろくて

中譯　昨天因為頭痛，所以跟學校請假。

解說　本題考「い形容詞的中止形」，變化方式是把語尾的「い」去掉，之後再加上「くて」，可表示「輕微的理由」。選項1是「古くて」（舊）；選項2是「痛くて」（痛）；選項3是「悪くて」（不好）；選項4是「白くて」（白）。

10 母は　（　台所　）で　料理を　して　います。

1　ぎんこう　　**2　だいどころ**　　3　げんかん　　4　こうさてん

中譯　母親正在廚房做菜。

解說　本題考「地點」。選項1是「銀行」（銀行）；選項2是「台所」（廚房）；選項3是「玄関」（玄關）；選項4是「交差点」（十字路口）。

文法

1 駅の　前（　で　）　待って　いて　ください。

1　で　　2　に　　3　が　　4　を

中譯　請在車站前等。

解說　本題考「助詞」。在「駅の前」（車站前面）等待，若以中文「在～」來思考，表示地點的選項1「で」和選項2「に」可能是答案。

助詞「で」的用法：「地點＋で＋動作動詞」

助詞「に」的用法：「地點＋に＋存在動詞（あります / います）」

所以答案是選項1「で」。

2 友達の　誕生日の　時、ギターを　（　弾きます　）。

1　ひきます　　2　ひいます　　3　ひします　　4　ひちます

中譯　朋友生日時，彈吉他。

解說　本題考「動詞」。選項1是「弾きます」（彈、拉），其餘選項皆為錯誤的日文。

3 バスの　中（　で　）　友達に　会いました。

1　へ　　2　と　　3　で　　4　が

中譯　在巴士裡遇見了朋友。

解說　本題考「助詞」。選項1是「へ」（往～）；選項2是「と」（和～）；選項3是「で」（在～）；選項4是「が」（用來提示主、客觀敘述句的主詞）。

4 こちらは　社長（　の　）　木村です。

1　の　　2　に　　3　が　　4　と

中譯　這位是木村社長。

解說　本題考「助詞」。助詞「の」的用法很多，本題表示「同位語」，也就是前一個名詞「社長」和後一個名詞「木村」是同一物或同一人。

5 私の　部屋は　（　暗くて　）、狭いです。

1　くらい　　2　くらく　　3　くらくて　　4　くらいな

中譯　我的房間既暗又窄。

解說　本題考「形容詞的中止形」。當一個句子裡有二個形容詞時，前面的那個形容詞必須變化成中止形，也就是以「～で」或是「～て」作為接續方式，中文翻譯成「既～又～」。

「暗い」（暗的）是い形容詞。い形容詞的「中止形」是「～~~い~~＋くて」，也就是要將「暗い」先去掉「い」，再加上「くて」，所以答案為選項3「暗くて」。

6 白い　ワイシャツ（　が　）　買いたいです。

1　は　　2　が　　3　に　　4　の

中譯 想買白色的襯衫。

解說 本題考「～が～たいです」（我想～）的句型，用來表示說話者欲實現某種行為，或是強烈願望。

7 息子は　毎日　六時頃　学校（　から　）　帰ります。

1　を　　2　で　　3　から　　4　まで

中譯 兒子每天六點左右從學校回家。

解說 本題考「助詞」。助詞「から」的用法很多，本題表示動作、作用的起點，中文可翻譯成「從～」。其餘選項：選項1是「を」，表示動作或作用的對象；選項2是「で」（在～〔地方〕）；選項4是「まで」（到～為止）。

8 私は　あの留学生を　（　知りません　）。

1　しません　　2　しりません

3　して　いません　　4　しって　いません

中譯 我不認識那個留學生。

解說 本題考「知ります」（知道、認識）這個動詞的用法。

選項1是「しません」（不做）；選項2是「知りません」（不認識）；選項3是「していません」（沒有做）；選項4是「知っていません」（無此用法）。

「知ります」表示「知道、認識」時，要用「知っています」，因為「知道」是存在於腦中的，所以用「動詞ています形」表達動作的結果；而表示「不知道、不認識」時，要用「知りません」，因為「不知道」表示腦中無此印象，所以直接用「動詞否定」。例如：

A：この人を知っていますか。（認識這個人嗎？）

B：はい、知っています。（是的，認識。）

C：いいえ、知りません。（不，不認識。）

9 冷蔵庫の　中には　（　もう　）　何も　ありません。

1　まだ　　2　もう　　3　よく　　4　すぐ

中譯　冰箱裡面已經什麼都沒有。

解說　本題考「副詞」。選項1是「まだ」（尚未）；選項2是「もう」（已經、馬上就要、再）；選項3是「よく」（經常、好好地）；選項4是「すぐ」（立刻）。

10 朝は　（　大抵　）　パンを　食べます。

1　たいへん　　2　いったい　　3　たいてい　　4　ちょうど

中譯　早上大多都吃麵包。

解說　本題考「副詞」。選項1是「大変」（非常、很）；選項2是「一体」（究竟）；選項3是「大抵」（大多）；選項4是「ちょうど」（剛好）。

考題

文字・語彙

1 いもうとは　ちいさい　動物が　すきです。

1　とうぶつ　2　どうぶつ　3　とうもの　4　どうもの

2 紅茶と　コーヒー、どちらが　のみたいですか。

1　こうちゃ　2　はくちゃ　3　はんちゃ　4　あかちゃ

3 わたしの　ちちは　警官です。

1　けいがん　2　さつがん　3　けいかん　4　さつかん

4 ひを　けさないで　ください。

1　水　2　金　3　気　4　火

5 すみません、ちょっと　まって　ください。

1　侍って　2　等って　3　持って　4　待って

6 いまの　人は　あまり　てがみを　かきません。

1　信紙　2　信書　3　手紙　4　手信

7 いまは　ごご　はちじさん（　　　）です。

1　ばい　2　ぴき　3　ぷん　4　ぽん

8 わたしの　（　　　　）は　とても　さむくて、ゆきが　ふります。

1 くに　　2 いろ　　3 あさ　　4 かぎ

9 （　　　　）　おとうとと　おんがくを　ききました。

1 てんき　　2 そうじ　　3 ゆうべ　　4 はじめ

10 わたしと　本田さんは　（　　　　）　かいしゃで　はたらいて　います。

1 おなじ　　2 おとこ　　3 おなか　　4 おとな

文法

1 ナイフを　（　　　　）ときは、気を　つけて　ください。

1 つかう　　2 つかい　　3 つかって　　4 つかうの

2 このペンは　三ぼん（　　　　）　五百円です。

1 を　　2 で　　3 と　　4 に

3 かいしゃを　（　　　　）ときは　もう　十二じを　すぎていました。

1 でる　　2 でた　　3 でて　　4 でます

4 わたしは　えいごが　（　　　　）　じょうずでは　ありません。

1 もっと　　2 いったい　　3 すこし　　4 あまり

5 あれは　東京えきへ　（　　　　）バスです。

1　いく　2　いくの　3　いくて　4　いって

6 あついですから、へや（　　　　）　までを　あけました。

1　を　2　の　3　に　4　と

7 きのうは　あさも　よる（　　　　）　パンでした。

1　と　2　や　3　は　4　も

8 にわを　（　　　　）あとで、せんたくを　しました。

1　そうじする　2　そうじして

3　そうじした　4　そうじするの

9 よるは　なにが　（　　　　）たいですか。

1　たべ　2　たべて　3　たべた　4　たべます

10 おなかが　（　　　　）、なにも　たべて　いません。

1　いたい　2　いたくて　3　いたいで　4　いたかって

解答

文字・語彙（每題 5 分）

1	2	3	4	5	6	7	8	9	10
2	1	3	4	4	3	3	1	3	1

文法（每題 5 分）

1	2	3	4	5	6	7	8	9	10
1	2	2	4	1	2	4	3	1	2

得分（滿分 100 分）

/100

中文翻譯＋解說

文字・語彙

1 妹は　小さい　動物が　好きです。

1　とうぶつ　2　どうぶつ　3　とうもの　4　どうもの

中譯　妹妹喜歡小動物。

2 紅茶と　コーヒー、どちらが　飲みたいですか。

1　こうちゃ　2　はくちゃ　3　ほんちゃ　4　あかちゃ

中譯　紅茶和咖啡，想喝哪一種呢？

3 私の　父は　警官です。

1　けいがん　2　さつがん　3　けいかん　4　さつかん

中譯　我的父親是警察。

4 ひを　けさないで　ください。

1　水　2　金　3　気　4　火

中譯　請不要關火。

5 すみません、ちょっと　まって　ください。

1　侍って　2　等って　3　持って　4　待って

中譯　不好意思，請稍等。

解說　本題考「動詞的て形」。選項1和選項2無此字；選項3是「持って」（拿、持有）；選項4是「待って」（等待）。

6　今（いま）の　人（ひと）は　あまり　<u>手紙（てがみ）</u>を　書（か）きません。

1　信紙　　2　信書　　3　手紙　　4　手信

中譯　現在的人不太寫信。

7　今（いま）は　午後（ごご）　八時三（はちじさん）（　分（ぷん）　）です。

1　ばい　　2　ぴき　　3　ぷん　　4　ぽん

中譯　現在是下午八點三分。

解說　本題考「數量詞」。選項1是「杯（ばい）」（～杯、～碗）；選項2是「匹（ぴき）」（～隻）；選項3是「分（ぷん）」（～分）；選項4是「本（ぽん）」（～枝、～瓶）。

8　私（わたし）の　（　国（くに）　）は　とても　寒（さむ）くて、雪（ゆき）が　降（ふ）ります。

1　くに　　2　いろ　　3　あさ　　4　かぎ

中譯　我的國家非常寒冷，會下雪。

解說　本題考「常見的名詞」。選項1是「国（くに）」（國家）；選項2是「色（いろ）」（顏色）；選項3是「朝（あさ）」（早上）；選項4是「鍵（かぎ）」（鑰匙）。

9　（　昨夜（ゆうべ）　）　弟（おとうと）と　音楽（おんがく）を　聴（き）きました。

1　てんき　　2　そうじ　　3　ゆうべ　　4　はじめ

中譯　昨晚和弟弟（一起）聽音樂。

解說　本題考「常見的名詞」。選項1是「天気（てんき）」（天氣）；選項2是「掃除（そうじ）」（打掃）；選項3是「昨夜（ゆうべ）」（昨晚）；選項4是「始（はじ）め / 初（はじ）め」（開始、第一次、最初、開頭）。

10　私（わたし）と　本田（ほんだ）さんは　（　同（おな）じ　）　会社（かいしゃ）で　働（はたら）いて　います。

1　おなじ　　2　おとこ　　3　おなか　　4　おとな

中譯　我和本田先生在同一個公司上班。

解說　本題考「お開頭的語彙」。選項1是「同（おな）じ」（相同）；選項2是「男（おとこ）」（男生）；選項3是「お腹（なか）」（肚子）；選項4是「大人（おとな）」（大人）。

文法

1 ナイフを　（　使う　）時は、気を　つけて　ください。

1　つかう　　2　つかい　　3　つかって　　4　つかうの

中譯　使用刀子時，請小心。

解說　本題考「動詞接續名詞」的方法。當動詞要修飾名詞時，必須使用「常體」，以本題「使う」（使用）為例，只有以下四種可能：

現在肯定	現在否定	過去肯定	過去否定
使う（使用）	使わない（不使用）	使った（使用了）	使わなかった（過去沒使用）

所以答案要選表示「現在肯定」的「使う」（使用）。

2 このペンは　三本（　で　）　五百円です。

1　を　　2　で　　3　と　　4　に

中譯　這種筆，三支總共五百日圓。

解說　本題考「助詞」。助詞「で」的用法很多，本題表示「數量計算的範圍」，中文可翻譯成「總共～」。

3 会社を　（　出た　）時は　もう　十二時を　過ぎて　いました。

1　でる　　2　でた　　3　でて　　4　でます

中譯　離開公司時，已經過十二點了。

解說　本題考「動詞接續名詞」的方法。當動詞要修飾名詞時，必須使用「常體」，以本題「出る」（離開、出去）為例，只有以下四種可能：

現在肯定	現在否定	過去肯定	過去否定
出る（離開、出去）	出ない（不離開、不出去）	出た（離開了、出去了）	出なかった（過去沒離開、過去沒出去）

可能為答案的只有選項1和選項2，但從題目結尾的「過ぎていました」（已經過了）得之為過去式，所以答案為選項2「出た」（離開了）。

4 私(わたし)は　英語(えいご)が　（　あまり　）　上手(じょうず)では　ありません。

1　もっと　　2　いったい　　3　すこし　　**4　あまり**

中譯　我英文不太好。

解說　本題考「あまり～ない」（不太～）的句型。因為本題句尾為「上手(じょうず)ではありません」（不厲害、不拿手），所以答案為選項4。其餘選項：選項1是「もっと」（更加）；選項2是「一体(いったい)」（究竟、到底）；選項3是「少(すこ)し」（稍微）。

5 あれは　東京駅(とうきょうえき)へ　（　行(い)く　）バスです。

1　いく　　2　いくの　　3　いくて　　4　いって

中譯　那是開往東京車站的巴士。

解說　本題考「動詞接續名詞」的方法。當動詞要修飾名詞時，必須使用「常體」，以本題「行(い)く」（去）為例，只有以下四種可能：

現在肯定	現在否定	過去肯定	過去否定
行(い)く （去）	行(い)かない （不去）	行(い)った （去了）	行(い)かなかった （過去沒去）

6 暑(あつ)いですから、部屋(へや)（　の　）　窓(まど)を　開(あ)けました。

1　を　　**2　の**　　3　に　　4　と

中譯　因為很熱，所以開了房間的窗戶。

解說　本題考「助詞」。助詞「の」的用法很多，本題為大家最熟悉，用來連接二個名詞，表示所有、所屬、所在的「的」。

7 昨日(きのう)は　朝(あさ)も　夜(よる)（　も　）　パンでした。

1　と　　2　や　　3　は　　**4　も**

中譯　昨天早上和晚上都是吃麵包。

解說　本題考助詞「も」的句型。「名詞も＋名詞も～」中文意思為「～也～也」或是「～和～都」。

8　庭(にわ)を　（　掃除(そうじ)した　）後(あと)で、洗濯(せんたく)を　しました。

1　そうじする　　2　そうじして

3　そうじした　　4　そうじするの

中譯　打掃庭園後，洗了衣服。

解說　本題考「動詞た形＋後(あと)で、句子」（在～之後，做～）句型，所以答案要選「動詞た形」，也就是選項3「掃除(そうじ)した」（打掃之後）。

9　夜(よる)は　何(なに)が　（　食(た)べ　）たいですか。

1　たべ　　2　たべて　　3　たべた　　4　たべます

中譯　晚上想吃什麼呢？

解說　本題考助動詞「たい」（想～）的用法。固定用法為「動詞ます形＋たい」，也就是必須先將動詞「食(た)べます」（吃）去掉「ます」，成為「食(た)べ」後，才能接續「たい」。

10　お腹(なか)が　（　痛(いた)くて　）、何(なに)も　食(た)べて　いません。

1　いたい　　2　いたくて　　3　いたいで　　4　いたかって

中譯　因為肚子痛，所以什麼都沒吃。

解說　本題考「い形容詞的中止形」，可用來表示輕微的理由。「い形容詞的中止形」的變化方式為：「去い＋くて」。所以就是「痛(いた)い→痛(いた)くて」。

18 天

考題

文字・語彙

1 あのとりは　きれいな　<u>声</u>で　なきます。

1　こい　　2　こえ　　3　せき　　4　おと

2 ごはんを　たべたあとで、<u>お風呂</u>に　はいります。

1　おふろ　　2　おかろ　　3　おしろ　　4　おきろ

3 この<u>店</u>は　とても　ゆうめいです。

1　みせ　　2　てん　　3　とこ　　4　なか

4 おおきい　<u>こえ</u>で　はなして　ください。

1　音　　2　声　　3　発　　4　言

5 <u>しお</u>を　とって　くださいませんか。

1　醤　　2　糖　　3　塩　　4　酢

6 そのことばの　<u>いみ</u>を　おしえて　ください。

1　意義　　2　意図　　3　意味　　4　意思

7 こうばんに　（　　　　）が　ふたり　います。

1　かんじ　　2　はんぶん　　3　どうぶつ　　4　けいかん

8 きょうの　テストは　（　　　）　わかりました。

1　まっすぐ　2　いったい　3　ゆっくり　4　だいたい

9 （　　　）を　つかうとき、きを　つけて　ください。

1　カレー　2　ポスト　3　ページ　4　ナイフ

10 きょうしつに　（　　　）が　たくさん　います。

1　がくせい　2　おかね　3　りんご　4　くるま

文法

1 あの（　　　）　ひとは　鈴木さんです。

1　おなかの　おおきい　2　おなかは　おおきい

3　おなかの　おおきく　4　おなかは　おおきく

2 テーブルの　うえ（　　　）　くだものと　おかしが　あります。

1　に　2　で　3　を　4　は

3 わたしの　ことを　（　　　）　ください。

1　わすれないに　2　わすれなかった

3　わすれなくて　4　わすれないで

4 わたしの　さいふは　（　　　）です。

1　しろなほう　2　しろくほう

3　しろいほう　4　しろいのほう

5 にほんの　桜は　とても　（　　　　）。

1　きれいかった　　　2　きれいだった

3　きれくなかった　　4　きれいくないだった

6 アパートから　びょういんまで　（　　　　）　きました。

1　あるく　　2　あるき　　3　あるいて　　4　あるかいで

7 ごはんを　たべるまえに、手を　（　　　　）　なりません。

1　あらうなければ　　　2　あらわなければ

3　あらうないければ　　4　あわらないければ

8 にほんごの　じゅぎょうは　なんじ（　　　　）　おわりますか。

1　など　　2　こと　　3　ぐらい　　4　ごろ

9 そのえいがを　（　　　　）ことが　あります。

1　みる　　2　みた　　3　みない　　4　みたい

10 タバコは　すわない（　　　　）　いいです。

1　ほうが　　2　ほうは　　3　ほうに　　4　ほうを

解答

文字・語彙（每題 5 分）

1	2	3	4	5	6	7	8	9	10
2	1	1	2	3	3	4	4	4	1

文法（每題 5 分）

1	2	3	4	5	6	7	8	9	10
1	1	4	3	2	3	2	4	2	1

得分（滿分 100 分）

/100

中文翻譯＋解說

文字・語彙

1　あの鳥は　綺麗な　声で　啼きます。

1　こい　　2　こえ　　3　せき　　4　おと

中譯　那隻鳥用優美的聲音啼叫。

解說　本題考「聲音」的日文。選項1是「恋」（戀愛）；選項2是「声」（〔人或動物發出的〕聲音）；選項3是「咳」（咳嗽）；選項4是「音」（〔物品發出的〕聲響）。

2　ご飯を　食べた後で、お風呂に　入ります。

1　おふろ　　2　おかろ　　3　おしろ　　4　おきろ

中譯　吃完飯後，要去洗澡。

3　この店は　とても　有名です。

1　みせ　　2　てん　　3　とこ　　4　なか

中譯　這家店非常有名。

解說　本題考漢字「店」的讀音。選項1為「店」（店），屬於「訓讀」，當中文意思為「商店」時，要選這個讀音；選項2「店」，屬於「音讀」，例如「店員」（店員）。其餘不相干選項：選項3為「床」（床）；選項4是「中」（中間、裡面）。

4　大きい　声で　話して　ください。

1　音　　2　声　　3　発　　4　言

中譯　請大聲說。

解說　本題考「聲音」。日文當中，人或動物發出的聲音，固定要用「声」；物品發出的聲響，固定要用「音」。

5　塩を　取って　くださいませんか。

1　醤　　2　糖　　3　塩　　4　酢

中譯　可以幫我拿鹽嗎？

解說　本題考「調味料」。選項1是「醤」（用麥或大豆製成的醬），調味料時，一般以「醤油」形式出現；選項2是「糖」（糖、糖分），調味料時，一般以「砂糖」形式出現；選項3是「塩」（鹽）；選項4是「酢」（醋）。

6　その言葉の　意味を　教えて　ください。

1　意義　　2　意図　　3　意味　　4　意思

中譯　請告訴我那個語彙的意思。

解說　本題考漢字「意」的相關語彙。選項1是「意義」（意義）；選項2是「意図」（意圖）；選項3是「意味」（意思）；選項4是「意思」（心意、想法）。

7　交番に　（　警官　）が　二人　います。

1　かんじ　　2　はんぶん　　3　どうぶつ　　4　けいかん

中譯　派出所裡有二名警察。

解說　本題考「常見名詞」。選項1是「感じ」（感覺、印象）或「漢字」（漢字）；選項2是「半分」（一半）；選項3是「動物」（動物）；選項4是「警官」（警察）。

8　今日の　テストは　（　大体　）　分かりました。

1　まっすぐ　　2　いったい　　3　ゆっくり　　4　だいたい

中譯　今天的考試大致都會。

解說　本題考「副詞」。選項1是「まっすぐ」（筆直地）；選項2是「一体」（究竟、到底）；選項3是「ゆっくり」（慢慢地）；選項4是「大体」（大致、大體上）。

9　（　ナイフ　）を　使(つか)う時(とき)、気(き)を　つけて　ください。

1　カレー　　2　ポスト　　3　ページ　　4　ナイフ

中譯　使用刀子時，請小心。

解說　本題考「外來語」。選項1是「カレー」（咖哩）；選項2是「ポスト」（郵筒、信箱、地位）；選項3是「ページ」（頁）；選項4是「ナイフ」（刀子）。

10　教室(きょうしつ)に　（　学生(がくせい)　）が　たくさん　います。

1　がくせい　　2　おかね　　3　りんご　　4　くるま

中譯　教室裡有很多學生。

解說　本題考「常見名詞」。選項1是「学生(がくせい)」（學生）；選項2是「お金(かね)」（錢）；選項3是「りんご」（蘋果）；選項4是「車(くるま)」（車子）。

文法

1　あの（　お腹(なか)の　大(おお)きい　）　人(ひと)は　鈴木(すずき)さんです。

1　おなかの　おおきい　　2　おなかは　おおきい

3　おなかの　おおきく　　4　おなかは　おおきく

中譯　那位肚子很大的人是鈴木先生。

解說　本題考「い形容詞的接續」以及「助詞の的用法」。

首先，本題的結構是「～は鈴木(すずき)さんです。」（～是鈴木先生。）本句的主詞是「あの～人(ひと)」（那位～的人）。

主詞中「い形容詞＋名詞」時，「い形容詞」直接用「原形」即可，也就是「～大(おお)きい人(ひと)」（～很大的人），故排除選項3和選項4的可能。

此外，用來修飾「人(ひと)」（人）的「お腹(なか)が大(おお)きい」＝「お腹(なか)の大(おお)きい」（肚子大的），所以答案為選項1。

2　テーブルの　上（　に　）　果物と　お菓子が　あります。

1　に　　2　で　　3　を　　4　は

中譯　桌子上有水果和零食。

解說　本題考「地點＋に＋存在動詞」的句型。此時的助詞「に」，表示人或物存在的地點。所謂的存在動詞，指的就是「あります」（有物品的存在）和「います」（有人或生物的存在）。由於題目中有「あります」（有～），所以答案是選項1。

3　私の　ことを　（　忘れないで　）　ください。

1　わすれないに　　2　わすれなかった

3　わすれなくて　　**4　わすれないで**

中譯　請不要忘了我。

解說　本題考「動詞ない形」的相關句型。「動詞ない形＋で＋ください」的中文意思是「請不要～」。動詞「忘れます」（忘記）的「ない形」是「忘れない」，之後再加上「で」就是答案。

4　私の　財布は　（　白いほう　）です。

1　しろなほう　　2　しろくほう　　**3　しろいほう**　　4　しろいのほう

中譯　我的錢包是白色那種的。

解說　本題考「比較」用法的「ほう」（～一方、～方面）。「ほう」是名詞，「い形容詞＋名詞」時，「い形容詞」直接用「原形」即可，所以答案為選項3「白いほう」（白色那一種）。

5　日本の　桜は　とても　（　綺麗だった　）。

1　きれいかった　　**2　きれいだった**

3　きれくなかった　　4　きれいくないだった

中譯　日本的櫻花非常美麗。

解說　本題考「な形容詞的普通形」。首先，「綺麗」（漂亮）為「な形容詞」，其「普通形」的變化整理如下：

	現在	過去
肯定	綺麗だ（漂亮）	綺麗だった（過去漂亮）
否定	綺麗じゃない（不漂亮）	綺麗じゃなかった（過去不漂亮）

6　アパートから　病院まで　（　歩いて　）　きました。

1　あるく　　2　あるき　　3　あるいて　　4　あるかいで

中譯　從公寓走來醫院了。

解說　本題考補助動詞「～てきます」的用法，表示動作、作用出現的過程，所以前面的動詞「歩きます」（走路）要改成「て形」。選項1「歩く」是辭書形；選項2是「歩き」是ます形；選項3「歩いて」是て形；選項4是錯誤的日文。

7　ご飯を　食べる前に、手を　（　洗わなければ　）　なりません。

1　あらうなければ　　2　あらわなければ

3　あらうないければ　　4　あわらないければ

中譯　吃飯之前，非洗手不可。

解說　本題考「動詞ない形」的相關句型。「動詞ない形去掉い＋ければ＋なりません」的中文意思是「非～不可」。

動詞「洗います」（洗）的「ない形」是「洗わない」，所以要先去掉「い」，再接續「ければ」，也就是選項2的「洗わなければ」（不洗的話）。

8　日本語の　授業は　何時（　頃　）　終わりますか。

1　など　　2　こと　　3　ぐらい　　4　ごろ

中譯　日文課幾點左右結束呢？

解說　本題考「助詞」和「接尾語」。選項1是「など」（～等等）；選項2是「こと」（表示疑問、感動、勸告、命令）；選項3是「ぐらい」（〔時間、期間的程度、數量的〕大約、左右）。選項4是「頃」（〔時刻、時間點的〕前後、左右）。由於題目中的「何時」（幾點）表示時間點，所以答案為選項4。

9 その映画（えいが）を　（　見（み）た　）ことが　あります。

1　みる　　2　みた　　3　みない　　4　みたい

中譯　我看過那部電影。

解說　本題考「動詞た形＋ことがあります」（曾經～過）的句型。動詞「見（み）ます」（看）的「た形」是「見（み）た」，所以答案是選項2。

10 タバコは　吸（す）わない（　ほうが　）　いいです。

1　ほうが　　2　ほうは　　3　ほうに　　4　ほうを

中譯　不要抽菸比較好。

解說　本題考「動詞ない形」的相關句型。「動詞ない形＋ほうが＋いいです」中文意思是「不要～比較好」，答案為選項1。

19 天

考題

文字・語彙

1 つくえの　下に　ねこが　います。

1　した　2　そと　3　よこ　4　うえ

2 病院で　はしらないで　ください。

1　ひょういん　2　びょういん

3　きょういん　4　ぎょういん

3 ははは　掃除を　して　います。

1　そうし　2　そうじ　3　そうき　4　そうぎ

4 さんかげつに　いっかい　とうきょうへ　行きます。

1　一次　2　一度　3　一往　4　一回

5 ここで　タバコを　すわないで　ください。

1　買わないで　2　使わないで

3　洗わないで　4　吸わないで

6 わたしと　あなたは　意見が　ちがいます。

1　違います　2　異います　3　差います　4　別います

7 あたらしい　（　　　）が　ほしいです。

1　カメウ　2　ラメカ　3　ウメカ　4　カメラ

8　（　　　　）の　なかに　こどもと　いぬが　います。
1　くつ　　2　くち　　3　くすり　　4　くるま

9　てを　（　　　　）から、ごはんを　たべます。
1　みがいて　　2　あらって
3　そうじして　　4　せんたくして

10　音楽を　きくとき、このボタンを　（　　　　）　ください。
1　おいて　　2　おして　　3　つけて　　4　しめて

文法

1　おちゃと　おさけと　（　　　　）　いいですか。
1　どっちの　　2　なんの　　3　どちらが　　4　どこが

2　がいこくごは　むずかしいですが、（　　　　）です。
1　おもしろい　　2　あたたかい
3　いそがしい　　4　あたらしい

3　きょうは　八じ（　　　　）　うちへ　かえります。
1　ごろ　　2　ぐらい　　3　だけ　　4　しか

4　おなかが　いたかったから、くすりを　（　　　　）。
1　たべました　　2　のみました
3　なくしました　　4　かしました

5 きのうは　あまり　（　　　　）です。

1　さむくない　　2　さむくなかった

3　さむいじゃない　　4　さむいじゃなかった

6 あにに　（　　　　）ズボンですから、よく　あらいます。

1　かり　　2　かりる　　3　かりて　　4　かりた

7 わたしは　あのせんせいの　やさしい　（　　　　）が　すきです。

1　こと　　2　もの　　3　ところ　　4　とし

8 あしたは　テストですから、べんきょう（　　　　）　なりません。

1　することは　　2　して　いれば

3　しないは　　4　しなければ

9 わたしは　（　　　　）　およぐことが　できません。

1　いったい　　2　あまり　　3　けっこう　　4　たいへん

10 あした（　　　　）　さくぶんを　かかなければ　なりません。

1　まで　　2　までに　　3　までは　　4　までで

解答

文字・語彙（每題 5 分）

1	2	3	4	5	6	7	8	9	10
1	2	2	4	4	1	4	4	2	2

文法（每題 5 分）

1	2	3	4	5	6	7	8	9	10
3	1	1	2	2	4	3	4	2	2

得分（滿分 100 分）

/100

中文翻譯＋解說

文字・語彙

1 机(つくえ)の 下(した)に 猫(ねこ)が います。

1 した　　2 そと　　3 よこ　　4 うえ

中譯 桌子的下面有貓。

解說 本題考「方位」。選項1是「下(した)」（下面）；選項2是「外(そと)」（外面、表面）；選項3是「横(よこ)」（旁邊）；選項4是「上(うえ)」（上面）。

2 病院(びょういん)で 走(はし)らないで ください。

1 ひょういん　　2 びょういん　　3 きょういん　　4 ぎょういん

中譯 在醫院請勿奔跑。

3 母(はは)は 掃除(そうじ)を して います。

1 そうし　　2 そうじ　　3 そうき　　4 そうぎ

中譯 媽媽正在打掃。

4 三(さん)か月(げつ)に 一回(いっかい) 東京(とうきょう)へ 行(い)きます。

1 一次　　2 一度　　3 一往　　4 一回

中譯 每三個月去東京一次。

5 ここで タバコを 吸(す)わないで ください。

1 買わないで　　2 使わないで　　3 洗わないで　　4 吸わないで

中譯 這裡請勿吸菸。

解說 本題考「動詞ない形」。「動詞ない形＋で＋ください」意思是「請不要～」。選項1是「買(か)わないで」（不要買）；選項2是「使(つか)わないで」（不要使用）；選項3是「洗(あら)わないで」（不要洗）；選項4是「吸(す)わないで」（不要吸、不要抽）。

6 私と　あなたは　意見が　違います。

1　違います　　2　異います　　3　差います　　4　別います

中譯　我和你意見不同。

7 新しい　（　カメラ　）が　ほしいです。

1　カメウ　　2　ラメカ　　3　ウメカ　　4　カメラ

中譯　想要新的相機。

8 （　車　）の　中に　子供と　犬が　います。

1　くつ　　2　くち　　3　くすり　　4　くるま

中譯　車子裡有小孩和狗。

解說　本題考「く開頭的常見名詞」。選項1是「靴」（鞋）；選項2是「口」（口）；選項3是「薬」（藥）；選項4是「車」（車子）。

9 手を　（　洗って　）から、ご飯を　食べます。

1　みがいて　　2　あらって　　3　そうじして　　4　せんたくして

中譯　洗好手後吃飯。

解說　本題考「清潔相關的動詞て形」。選項1是「磨いて」（刷洗）；選項2是「洗って」（清洗）；選項3是「掃除して」（清掃）；選項4是「洗濯して」（洗〔衣服〕）。

10 音楽を　聞く時、このボタンを　（　押して　）　ください。

1　おいて　　2　おして　　3　つけて　　4　しめて

中譯　要聽音樂的時候，請按這個按鈕。

解說　本題考「開、關相關的動詞て形」。選項1是「置いて」（放置）；選項2是「押して」（按、壓）；選項3是「点けて」（點燃、開燈）或「浸けて」（浸泡）或「付けて」（沾上、附加）；選項4是「閉めて」（關〔門窗〕）。

文法

1　お茶と　お酒と　（　どちらが　）　いいですか。

1　どっちの　　2　なんの　　3　どちらが　　4　どこが

中譯　茶和酒，哪一個好呢？

解說　本題考助詞「が」的句型。「疑問詞＋が＋疑問句」當中的「が」除了用來提示主詞之外，還可以用來強調詢問的內容。可能的選項中，選項3是「どちらが」（哪一個），選項4是「どこが」（哪裡），由於題目中提到的是物品而非地點，所以答案為選項3。

2　外国語は　難しいですが、（　面白い　）です。

1　おもしろい　2　あたたかい　3　いそがしい　4　あたらしい

中譯　外語雖然難，但是很有趣。

解說　本題考助詞「が」的句型。「句子$_1$＋が＋句子$_2$」句型中，助詞「が」用來表示「逆接」，中文翻譯成「雖然～但是～」。由於句子$_1$是「難しい」（困難的），所以句子$_2$中的解答一定是正向的字。

選項1是「面白い」（有趣的、可笑的）；選項2是「暖かい」（溫暖的）；選項3是「忙しい」（忙碌的）；選項4是「新しい」（新的）。答案是選項1。

3　今日は　八時（　頃　）　家へ　帰ります。

1　ごろ　　2　ぐらい　　3　だけ　　4　しか

中譯　今天八點左右回家。

解說　本題考「助詞」和「接尾語」。選項1是「頃」（～左右）；選項2是「ぐらい」（～左右）；選項3是「だけ」（只有～）；選項4是助詞「しか」（只有～；後面必須接續否定）。

若以中文翻譯來思考，選項1的「頃」和選項2的「ぐらい」有可能是答案。其實兩者用法不同，「頃」接續在時間之後，指的是時間點的前後，例如「一時頃」（一點左右），而「ぐらい」接續在數量詞之後，指的是數量的多寡，例如「一時間ぐらい」（一個小時左右），所以答案是選項1。

4　お腹が　痛かったから、薬を　（　飲みました　）。

1　たべました　　　　2　のみました

3　なくしました　　　4　かしました

中譯　因為肚子痛，所以吃藥了。

解說　本題考「吃藥」的日文用法。選項1是「食べました」（吃了）；選項2是「飲みました」（喝了）；選項3是「無くしました」（不見了）；選項4是「貸しました」（借人了）。「吃藥」的日文，固定說法為「薬を飲みます」，所以答案為選項2。

5　昨日は　あまり　（　寒くなかった　）です。

1　さむくない　　　　2　さむくなかった

3　さむいじゃない　　4　さむいじゃなかった

中譯　昨天不太冷。

解說　本題考「あまり～ない」（不太～）的句型，所以答案必須是否定。而題目中主詞「昨日」（昨天）是過去式，所以答案必須是過去式。選項中的「寒い」（寒冷的）為「い形容詞」，其變化整理如下：

	現在	過去
肯定	寒い（寒冷的）	寒かった（過去是寒冷的）
否定	寒くない（不寒冷的）	寒くなかった（過去是不寒冷的）

綜合以上，答案為表示「過去否定」的選項2「寒くなかった」。

6　兄に　（　借りた　）ズボンですから、よく　洗います。

1　かり　　2　かりる　　3　かりて　　4　かりた

中譯　因為是跟哥哥借了的褲子，所以會好好地洗。

解說　本題考「動詞接續名詞」的方法。當動詞要修飾名詞時，必須使用「常體」，以本題「借りる」（租、借）為例，只有以下四種可能：

現在肯定	現在否定	過去肯定	過去否定
借りる（借入）	借りない（不借）	借りた（借了）	借りなかった（過去沒借）

由此可知，選項2「借（か）りる」和選項4「借（か）りた」可能為答案。又因為褲子一定是「借進來了」，所以答案為表示「完成動作」的選項4「借（か）りた」。

7　私（わたし）は　あの先生（せんせい）の　優（やさ）しい　（　所（ところ）　）が　好（す）きです。

1　こと　　2　もの　　**3　ところ**　　4　とし

中譯　我喜歡那位老師溫柔之處。

解說　本題考「形式名詞」，功能是把詞彙「名詞化」。選項1是「こと」（～事情）；選項2是「もの」（～東西）；選項3是「所（ところ）」（～地方）；選項4是「年（とし）」（～年）。

為什麼選項1「こと」不對呢？因為題目針對的是「あの先生（せんせい）（那位老師）＝對象」，而非「あの先生（せんせい）がすること、したこと（那位老師做的事情、做了的事情）＝事情」。

8　明日（あした）は　テストですから、勉強（べんきょう）（　しなければ　）　なりません。

1　することは　　2　して　いれば

3　しないは　　**4　しなければ**

中譯　因為明天要考試，所以不唸書不行。

解說　本題考「動詞ない形」的相關句型。「動詞ない形去掉い＋ければ＋なりません」的中文意思是「非～不可」。

動詞「勉強（べんきょう）します」（唸書）的「ない形」是「勉強（べんきょう）しない」，所以要先去掉「い」，再接續「ければ」，也就是選項4的「〔勉強（べんきょう）〕しなければ」（不唸書的話）。

9　私（わたし）は　（　あまり　）　泳（およ）ぐことが　できません。

1　いったい　　**2　あまり**　　3　けっこう　　4　たいへん

中譯　我不太會游泳。

解說　本題考「あまり～ない」（不太～）的句型。因為本題句尾為表示否定的「できません」（不會），所以答案為選項2。其餘選項：選項1是「一体（いったい）」（究竟、到底）；選項3是「けっこう」（相當地）；選項4是「大変（たいへん）」（非常、很）。

10 明日（あした）（ までに ） 作文（さくぶん）を 書（か）かなければ なりません。

1 まで　　2 までに　　3 までは　　4 までで

中譯 明天之前非寫作文不可。

解說 本題的答案，也就是選項2「までに」（在～之前），是副助詞「まで」＋格助詞「に」所形成的「連語」，用來表示「期限、截止時間」。選項1「まで」（到～為止）則表示「連續進行的動作」，不要弄錯。

20 天

考題

讀解

もんだい 1

つぎの　ぶんを　読んで　しつもんに　こたえて　ください。こたえは　1・2・3・4 から　いちばん　いい　ものを　一つ　えらんで　ください。

安田さんへ きのうは　赤の　ボールペンが　なくて、とても　こまって　いました。安田さんに　借りて、しゅくだいを　出すことが　できました。どうも　ありがとう。借りたボールペンは　つくえの　うえに　おきました。これは　わたしの　ははが　つくったせっけんです。つかって　ください。

問 1　安田さんは　「わたし」に　なにを　しましたか。

1　赤の　ボールペンを　かしました。

2　赤の　ボールペンを　かりました。

3　赤の　ボールペンを　かいました。

4　赤の　ボールペンを　つかいました。

問2　「わたし」の　おかあさんは　なにを　しましたか。

1　つくえを　つくりました。

2　せっけんを　つくりました。

3　つくえを　つかいました。

4　せっけんを　つかいました。

もんだい2

つぎの　ぶんを　読んで　しつもんに　こたえて　ください。こたえは　1・2・3・4から　いちばん　いい　ものを　一つ　えらんで　ください。

20
天

（日記）六月二十八日

　きのうの　夜は　おそくまで　はたらきました。とても　つかれました。しごとの　あと、バスで　かえりました。

　いえの　近くの　交番の　前で　バスを　おります。おりるとき、さいふが　ありませんでした。とても　こまりました。運転手さんに　言いました。運転手さんは　「今日は　いいです。おかねは　あした　ください」と　言いました。

　わたしは　「わかりました。ありがとう　ございます」と　言いました。うれしかったです。

問1　きのうの　夜は　どうして　つかれましたか。

1　おそくまで　はたらいたからです。

2　バスで　かえったからです。

3　さいふが　なかったからです。

4　しごとが　つらいからです。

問２　「わたし」は　あした　どうしますか。

1　バスに　のります。
2　おそくまで　はたらきます。
3　バスの　おかねを　かえします。
4　交番で　おかねを　わたします。

聴解

もんだい１ MP3-22

もんだい１では　はじめに　しつもんを　きいて　ください。それから　はなしを　きいて、もんだいようしの　１から　４の　なかから、いちばん　いい　ものを　ひとつ　えらんで　ください。

1　えいごを　べんきょうしてから、そうじします。
2　おふろに　はいって、きれいに　なります。
3　せんたくを　して、おふろに　はいります。
4　おふろを　あらって、せんたくと　そうじを　します。

もんだい２

もんだい２では　はじめに　しつもんを　きいて　ください。そして　１から　３の　なかから、いちばん　いい　ものを　ひとつ　えらんで　ください。

1ばん　MP3-23　①　②　③
2ばん　MP3-24　①　②　③
3ばん　MP3-25　①　②　③

もんだい 3

もんだい３では　ぶんを　きいて、１から　３の　なかから、いちばん　いい　ものを　ひとつ　えらんで　ください。

1 ばん　MP3-26　①　②　③

2 ばん　MP3-27　①　②　③

3 ばん　MP3-28　①　②　③

20 天

解答

讀解

問題 1（每題 9 分）

1	2
1	2

問題 2（每題 9 分）

1	2
1	3

聽解

問題 1（每題 10 分）

4

問題 2（每題 9 分）

1	2	3
3	1	3

問題 3（每題 9 分）

1	2	3
1	2	3

得分（滿分 100 分）

/100

中文翻譯＋解說

讀解

問題(もんだい)1

次(つぎ)の　文(ぶん)を　読(よ)んで　質問(しつもん)に　答(こた)えて　ください。答(こた)えは　1・2・3・4から　一番(いちばん)　いい　ものを　一(ひと)つ　選(えら)んで　ください。

> 安田(やすだ)さんへ
>
> 昨日(きのう)は　赤(あか)の　ボールペンが　なくて、とても　困(こま)って　いました。安田(やすだ)さんに　借(か)りて、宿題(しゅくだい)を　<u>出(だ)すことが　できました</u>。どうも　ありがとう。借(か)りたボールペンは　机(つくえ)の　上(うえ)に　置(お)きました。これは　私(わたし)の母(はは)が　作(つく)った石(せっ)けんです。使(つか)って　ください。

問(とい)1　安田(やすだ)さんは　「私(わたし)」に　何(なに)を　しましたか。

1　赤(あか)の　ボールペンを　<u>貸(か)しました</u>。（highlighted answer）

2　赤(あか)の　ボールペンを　<u>借(か)りました</u>。

3　赤(あか)の　ボールペンを　買(か)いました。

4　赤(あか)の　ボールペンを　使(つか)いました。

問(とい)2　「私(わたし)」の　お母(かあ)さんは　何(なに)を　しましたか。

1　机(つくえ)を　作(つく)りました。

2　石(せっ)けんを　作(つく)りました。（highlighted answer）

3　机(つくえ)を　使(つか)いました。

4　石(せっ)けんを　使(つか)いました。

中譯

致安田同學

昨天沒有紅色原子筆，非常傷腦筋。跟安田同學借，才得以交出作業。非常感謝。借的原子筆放在桌上了。這是我母親做的肥皂。請用。

問1　安田同學對「我」做了什麼？

1　借出了紅色的原子筆。

2　借入了紅色的原子筆。

3　買了紅色的原子筆。

4　用了紅色的原子筆。

問2　「我」的母親做了什麼？

1　做了桌子。

2　做了肥皂。

3　用了桌子。

4　用了肥皂。

解說

- 出（だ）すことができました：可以交出來了。「動詞辭書形＋こと＋ができます」表示能力，中文意思為「可以～、能～、會～」。
- 貸（か）します：借出，借東西給別人。
- 借（か）ります：借入，向別人借東西。

問題(もんだい) 2

次(つぎ)の 文(ぶん)を 読(よ)んで 質問(しつもん)に 答(こた)えて ください。答(こた)えは 1・2・3・4 から 一番(いちばん) いい ものを 一(ひと)つ 選(えら)んで ください。

（日記(にっき)）六月二十八日(ろくがつにじゅうはちにち)

昨日(きのう)の 夜(よる)は 遅(おそ)くまで 働(はたら)きました。とても 疲(つか)れました。仕事(しごと)の 後(あと)、バスで 帰(かえ)りました。

家(いえ)の 近(ちか)くの 交番(こうばん)の 前(まえ)で バスを 降(お)ります。降(お)りる時(とき)、財布(さいふ)が ありませんでした。とても 困(こま)りました。運転手(うんてんしゅ)さんに 言(い)いました。運転手(うんてんしゅ)さんは 「今日(きょう)は いいです。お金(かね)は 明日(あした) ください」と 言(い)いました。

私(わたし)は 「分(わ)かりました。ありがとう ございます」と 言(い)いました。嬉(うれ)しかったです。

問(とい)1 昨日(きのう)の 夜(よる)は どうして 疲(つか)れましたか。

1 遅(おそ)くまで 働(はたら)いたからです。

2 バスで 帰(かえ)ったからです。

3 財布(さいふ)が なかったからです。

4 仕事(しごと)が 辛(つら)いからです。

問(とい)2 「私(わたし)」は 明日(あした) どうしますか。

1 バスに 乗(の)ります。

2 遅(おそ)くまで 働(はたら)きます。

3 バスの お金(かね)を 返(かえ)します。

4 交番(こうばん)で お金(かね)を 渡(わた)します。

中譯

（日記）六月二十八日

昨天晚上工作到很晚。非常累。工作後，搭巴士回家了。

要在家裡附近的派出所前下巴士。要下車時，沒有帶錢包。非常傷腦筋。我跟駕駛說了。駕駛說：「今天沒有關係。錢請明天再給我。」

我說：「我知道了。謝謝您。」真高興。

問1　昨天晚上為什麼很累呢？

1　因為工作到很晚。
2　因為搭了巴士回家。
3　因為沒有帶錢包。
4　因為工作很累。

問2　「我」明天要做什麼呢？

1　搭巴士。
2　工作到很晚。
3　歸還巴士的錢。
4　在派出所還錢。

解說

- 遅（おそ）くまで：「まで」表示程度的限度，所以翻譯成「直到很晚」。
- バスで帰（かえ）りました：「で」表示方法，所以翻譯成「搭巴士回家了」。
- バスを降（お）ります：「を」表示動作、作用的出發點，「降（お）ります」是離開性動詞，所以翻譯成「下巴士」。

聽解

問題 1　MP3-22

問題１では　初めに　質問を　聞いて　ください。それから　話を　聞いて、問題用紙の　１から　４の　中から、一番　いい　ものを　一つ　選んで　ください。

男の　人と　女の　人が　話して　います。女の　人は　仕事が　終わった後で、何を　しますか。

男：夜、一緒に　お酒を　飲みませんか。
女：すみません。今日は　忙しいです。
男：ああ、今日は　英語の　授業の　日でしたね。
女：いいえ、それは　金曜日です。
　　今日は　仕事が　終わった後で、すぐ　家に　帰ります。
　　明日、友達が　家に　来ますから、綺麗に　します。
男：掃除を　しますか。
女：はい。それから、洗濯を　して、お風呂を　洗います。
男：本当に　忙しいですね。

女の　人は　仕事が　終わった後で、何を　しますか。

1　英語を　勉強してから、掃除します。
2　お風呂に　入って、綺麗に　なります。
3　洗濯を　して、お風呂に　入ります。
4　お風呂を　洗って、洗濯と　掃除を　します。

中譯

男人和女人正在說話。女人工作結束後，要做什麼呢？

男：晚上，要不要一起喝酒呢？
女：不好意思。今天很忙。
男：啊，今天是上英文課的日子呢！
女：不是，那是星期五。
　　今天工作結束後，要立刻回家。
　　因為明天朋友要來我家，所以要弄乾淨。
男：要打掃嗎？
女：對。還有，要洗衣服、洗浴缸。
男：真的很忙耶！

女人工作結束後，要做什麼呢？

1　學習英語之後，打掃。
2　去洗澡，變得乾淨。
3　洗衣服之後，洗澡。
4　洗浴室，然後洗衣服和打掃。

問題2

問題2では　初めに　質問を　聞いて　ください。そして　1から　3の　中から、一番　いい　ものを　一つ　選んで　ください。

1番　MP3-23

学校へ　行きます。朝　出かける時　何と　言いますか。

1　ごめんください。
2　いただきます。
3　いってきます。

中譯

要去學校。早上出門時，要說什麼呢？

1　請問有人在嗎？

2　開動了、收下。

3　我出門了。

2番(ばん) MP3-24

銀行(ぎんこう)へ　行(い)きたいです。何(なん)と　言(い)いますか。

1　すみません、銀行(ぎんこう)は　どこですか。

2　すみません、銀行(ぎんこう)は　どうですか。

3　すみません、銀行(ぎんこう)は　どれですか。

中譯

想去銀行。要說什麼呢？

1　不好意思，銀行在哪裡呢？

2　不好意思，銀行如何呢？

3　不好意思，銀行是哪一個呢？

3番(ばん) MP3-25

万年筆(まんねんひつ)を　買(か)います。店(みせ)の　人(ひと)に　何(なん)と　言(い)いますか。

1　その万年筆(まんねんひつ)を　見(み)ますか。

2　その万年筆(まんねんひつ)を　見(み)て　ください。

3　その万年筆(まんねんひつ)を　見(み)せて　ください。

中譯

要買鋼筆。要對店裡的人說什麼呢？

1　要看那支鋼筆嗎？

2　請看那支鋼筆。

3　請讓我看那支鋼筆。

問題（もんだい）3

> 問題（もんだい）3では　文（ぶん）を　聞（き）いて、1から　3の　中（なか）から、一番（いちばん）　いい　ものを　一（ひと）つ　選（えら）んで　ください。

1番（ばん） MP3-26

女：今日（きょう）は　いい　天気（てんき）ですね。

男：1　ええ、そうですね。

　　2　はい、そうしましょう。

　　3　いえ、よくないです。

中譯

女：今天天氣真好啊！

男：1　嗯，是那樣呢！

　　2　好的，就那樣做吧！

　　3　不，不好。

2番（ばん） MP3-27

男：一緒（いっしょ）に　コーヒーを　飲（の）みませんか。

女：1　いえ、ごちそうさまでした。

　　2　ええ、いいですよ。

　　3　ああ、行（い）って　ください。

中譯

男：要不要一起喝咖啡呢？

女：1　不，承蒙招待。

　　2　嗯，好啊！

　　3　啊，請去。

3番(ばん) MP3-28

男：どうぞ　よろしく　お願(ねが)いします。

女：1　ごめんください。

2　どういたしまして。

3　こちらこそ。

中譯

男：請多多指教。

女：1　請問有人在嗎？

2　不客氣。

3　我才是（要請您多多指教）。

21 天

考題

文字・語彙

1 わたしの　たんじょうびは　はちがつ<u>六日</u>です。

1　ろくか　2　ろくひ　3　むいか　4　むいひ

2 これは　ははの　つくった<u>弁当</u>です。

1　だんとう　2　げんとう　3　びんとう　4　べんとう

3 わたしは　<u>毎晩</u>　しんぶんを　よみます。

1　まいにち　2　まいばん　3　まいわん　4　まいおそ

4 ねこは　<u>みるく</u>を　のみましたか。

1　メルク　2　メクル　3　ミクル　4　ミルク

5 あなたが　<u>せかい</u>で　いちばん　すきです。

1　地界　2　全球　3　世界　4　地球

6 むすこは　じぶんで　<u>くつした</u>を　はくことが　できます。

1　靴子　2　靴下　3　鞋子　4　鞋下

7 あめが　ふって　いますから、かさを　（　　　）　ください。

1　かりて　2　かして　3　かきて　4　おきて

8 にほんごは　（　　　　）　わかります。

1　すこししか　2　あまりしか　3　すこしだけ　4　あまりだけ

9 あのりゅうがくせいは　（　　　　）　さしみを　たべました。

1　はじめに　2　たいてい　3　はじめて　4　いったい

10 きょうの　宿題は　（　　　　）　おわりました。

1　まだ　2　よく　3　もう　4　あまり

文法

1 せっけん（　　　　）　てを　よく　あらいます。

1　を　2　で　3　に　4　と

2 まだ　ひこうきに　（　　　　）ことが　ありません。

1　のった　2　のって　3　のるの　4　のるで

3 ピアノを　（　　　　）、うたって　ください。

1　ひいても　2　ひいたり　3　ひきたい　4　ひきながら

4 きのうは　三じかん（　　　　）　ねませんでした。

1　だけ　2　しか　3　ごろ　4　まで

5 がいこくの　おんがくは　（　　　　）　ききません。

1　あまり　2　ちょうど　3　ときどき　4　けっこう

6 れいぞうこの　なかには　なに（　　　　）　ありません。

1　を　2　が　3　も　4　か

7 おかねが　すこししか　ないから、（　　　　）　いいです。

1　かうが　　　　2　かうほうが

3　かわないが　　　　4　かわないほうが

8 おんがくを　ききながら、こうえん（　　　　）　さんぽします。

1　で　　2　を　　3　に　　4　へ

9 すきな　たべものは　さしみや　すしや　ラーメン（　　　　）です。

1　たち　　2　など　　3　ごろ　　4　がた

10 （　　　　）こうばんは　とても　ふるいです。

1　あの　　2　あれ　　3　あそこ　　4　あちら

解答

文字・語彙（每題 5 分）

1	2	3	4	5	6	7	8	9	10
3	4	2	4	3	2	2	3	3	3

文法（每題 5 分）

1	2	3	4	5	6	7	8	9	10
2	1	4	2	1	3	4	2	2	1

得分（滿分 100 分）

/100

21
天

中文翻譯＋解說

文字・語彙

1 私（わたし）の　誕生日（たんじょうび）は　八月六日（はちがつむいか）です。

1　ろくか　　2　ろくひ　　**3　むいか**　　4　むいひ

中譯　我的生日是八月六日。

解說　本題考「日期」。常考「日期」整理如下：

一日（ついたち）	二日（ふつか）	三日（みっか）	四日（よっか）	五日（いつか）
六日（むいか）	七日（なのか）	八日（ようか）	九日（ここのか）	十日（とおか）
十四日（じゅうよっか）	十九日（じゅうくにち）	二十日（はつか）		

2 これは　母（はは）の　作（つく）った弁当（べんとう）です。

1　だんとう　　2　げんとう　　3　びんとう　　**4　べんとう**

中譯　這是媽媽做的便當。

3 私（わたし）は　毎晩（まいばん）　新聞（しんぶん）を　読（よ）みます。

1　まいにち　　**2　まいばん**　　3　まいわん　　4　まいおそ

中譯　我每天晚上看報紙。

解說　其餘選項：選項1是「毎日（まいにち）」（每天）；選項3、4無此字。

4 猫（ねこ）は　みるくを　飲（の）みましたか。

1　メルク　　2　メクル　　3　ミクル　　**4　ミルク**

中譯　貓咪喝牛奶了嗎？

5　あなたが　世界で　一番　好きです。

1　地界　　2　全球　　3　世界　　4　地球

中譯　全世界最喜歡你。

解說　其餘選項的發音：選項1是無此字；選項2是「全球」（全球、全世界）；選項4是「地球」（地球）。

6　息子は　自分で　靴下を　履くことが　できます。

1　靴子　　2　靴下　　3　鞋子　　4　鞋下

中譯　兒子會自己穿襪子。

7　雨が　降って　いますから、傘を　（　貸して　）　ください。

1　かりて　　2　かして　　3　かきて　　4　おきて

中譯　因為下著雨，請借我傘。

解說　本題考動詞「借ります」（借入）和「貸します」（借出）的差異。選項1是「借りて」（借入～）；選項2是「貸して」（借出～）；選項3無此字；選項4是「起きて」（起（床））。

選項1和2容易混淆。判斷時，可依「主詞」的立場來思考，要用「借ります」（借入）、還是「貸します」（借出）。本題的主詞沒有寫出來，但一定就是「擁有傘的某人」，所以是某人將傘「貸します」（借出）給我，故答案為選項2。

8　日本語は　（　少しだけ　）　分かります。

1　すこししか　　2　あまりしか　　3　すこしだけ　　4　あまりだけ

中譯　日文只懂一點點。

解說　本題考副助詞「だけ」（只有～而已）。它用於「肯定句」，接續在「名詞」之後，表示「程度」。答案為選項3。

其餘混淆視聽的選項「しか～ない」（只有～；後接否定）和「あまり～ない」（不太～；後接否定）正確用法如下：

日本語は　少ししか　分かりません。（日文只懂一點點。）

日本語は　あまり　分かりません。（日文不太懂。）

9 あの留学生（りゅうがくせい）は　（　初（はじ）めて　）　刺身（さしみ）を　食（た）べました。

1　はじめに　　2　たいてい　　**3　はじめて**　　4　いったい

中譯　那個留學生第一次吃了生魚片。

解說　本題考「頻率副詞」。選項1是名詞「始（はじ）め」＋助詞「に」形成的「始（はじ）めに」（最初、一開始）；選項2是副詞「大抵（たいてい）」（大多）；選項3是副詞「初（はじ）めて」（初次）；選項4是副詞「一体（いったい）」（究竟、到底）。

10 今日（きょう）の　宿題（しゅくだい）は　（　もう　）　終（お）わりました。

1　まだ　　2　よく　　**3　もう**　　4　あまり

中譯　今天的功課已經寫完了。

解說　本題考「時間副詞」。選項1是「まだ」（尚未）；選項2是「よく」（經常）；選項3是「もう」（已經）；選項4是「あまり」（不太～；後接否定）。

文法

1 石（せっ）けん（　で　）　手（て）を　よく　洗（あら）います。

1　を　　**2　で**　　3　に　　4　と

中譯　用肥皂好好洗手。

解說　本題考「助詞」。助詞「で」的用法很多，本題表示「手段、方法」。

2 まだ　飛行機（ひこうき）に　（　乗（の）った　）ことが　ありません。

1　のった　　2　のって　　3　のるの　　4　のるで

中譯　還沒有搭過飛機。

解說　本題考「動詞た形＋ことがありません」（未曾～過）的句型，所以必須將「乗（の）ります」（搭乘）改為「た形」，也就是選項1「乗（の）った」。

3 ピアノを（ 弾きながら ）、歌って ください。

1 ひいても　2 ひいたり　3 ひきたい　4 ひきながら

中譯 請一邊彈鋼琴，一邊唱歌。

解說 本題考接續助詞「ながら」的用法。動詞接續「ながら」時，變化為「動詞~~ます~~形＋ながら」，表示「一邊～一邊～」。所以要將動詞「弾きます」先去掉「ます」，再接續「ながら」，成為「弾きながら」（一邊彈，一邊～）。

4 昨日は 三時間（ しか ） 寝ませんでした。

1 だけ　2 しか　3 ごろ　4 まで

中譯 昨天只睡三個小時。

解說 本題考「しか～ない」（只有～）的用法。因為題目後面已經出現「寝ませんでした」（沒有睡），所以答案為選項2。

其餘選項：選項1是「だけ」（只有），只能用在肯定句，所以錯誤；選項3是「頃」（左右），只能接在「時間點」的後面，例如「三時頃」（三點左右），所以錯誤；選項4是「まで」（到～為止），在本題的句意中只能接在「時間點」的後面，例如「三時まで」（到三點為止），所以錯誤。

5 外国の 音楽は （ あまり ） 聴きません。

1 あまり　2 ちょうど　3 ときどき　4 けっこう

中譯 不太聽外國的音樂。

解說 本題考「あまり～ない」（不太～）的用法。因為題目後面已經出現「聴きません」（不聽），所以毫無懸念，答案為選項1。其餘選項：選項2是「ちょうど」（剛好）；選項3是「時々」（偶爾、有時候）；選項4是「けっこう」（相當、足夠、可以）。

6 冷蔵庫(れいぞうこ)の　中(なか)には　何(なに)（　も　）　ありません。

1　を　　2　が　　**3　も**　　4　か

中譯　冰箱裡什麼都沒有。

解說　本題考助詞「も」的句型。「疑問詞＋も＋否定句」為「完全否定」，意思為「～都沒有」或是「～都不」。

7 お金(かね)が　少(すこ)ししか　ないから、（　買(か)わないほうが　）　いいです。

1　かうが　　2　かうほうが

3　かわないが　　**4　かわないほうが**

中譯　因為只有一點點錢，所以不要買比較好。

解說　本題考「動詞ない形」的相關句型。「動詞ない形＋ほうがいいです」意思是「不要～比較好」。所以要將動詞「買(か)います」（買）先改成ない形「買(か)わない」，之後再加上「ほうがいいです」。

8 音楽(おんがく)を　聴(き)きながら、公園(こうえん)（　を　）　散歩(さんぽ)します。

1　で　　**2　を**　　3　に　　4　へ

中譯　一邊聽音樂，一邊在公園散步。

解說　本題考「助詞」。就句意來看，要選擇中文意思為「在～」的助詞，所以選項1「で」、選項2「を」、選項3「に」都有可能，甚至選項4的「へ」（去～）也有可能。

此時，要用句子最後的「動詞」做判斷。「散歩(さんぽ)します」（散步）是「移動性動詞」，所以答案一定是「を」，因為它用來表示「動作經過的地點」，中文翻譯成「在～」。

常與助詞「を」搭配的「移動性動詞」尚有：「登(のぼ)ります」（爬、攀登）、「歩(ある)きます」（走）、「走(はし)ります」（跑）。

9 好(す)きな　食(た)べ物(もの)は　刺身(さしみ)や　寿司(すし)や　ラーメン（　など　）です。

1　たち　　**2　など**　　3　ごろ　　4　がた

中譯　喜歡的食物是生魚片或壽司或拉麵等等。

解說　本題考助詞「など」（～等等），多以「～や～など」（～或～等等）的句型出現，表示部分列舉。

10　（　あの　）交番（こうばん）は　とても　古（ふる）いです。

1　あの　　2　あれ　　3　あそこ　　4　あちら

中譯　那個派出所非常舊。

解說　本題考「あ開頭的指示語」。選項1是連語「あの」（那個；後面要接名詞）；選項2是代名詞「あれ」（那個）；選項3是代名詞「あそこ」（那裡）；選項4是代名詞「あちら」（那邊）。由於選項的後面有名詞「交番（こうばん）」（派出所），所以答案為選項1。

22天

考題

文字・語彙

1 きのう　デパートで　<u>財布</u>を　かいました。

1　さいふ　　2　ざいふ　　3　さいぬ　　4　ざいぬ

2 きょうは　あついですから、ビールが　<u>飲みたい</u>です。

1　かみたい　　2　おみたい　　3　なみたい　　4　のみたい

3 むこうの　<u>出口</u>から　でましょう。

1　でくち　　2　てぐち　　3　てくち　　4　でぐち

4 わたしは　かぜを　<u>ひいて</u>　います。

1　感いて　　2　染いて　　3　挽いて　　4　引いて

5 そのはなしは　<u>ほんとう</u>ですか。

1　真当　　2　真実　　3　本当　　4　本実

6 あのはしを　<u>わたって</u>　ください。

1　過って　　2　走って　　3　通って　　4　渡って

7 わたしは　英語が　（　　　　）　わかりません。

1　ときどき　　2　すこし　　3　だいたい　　4　ぜんぜん

8 さいふを　なくして、（　　　）へ　いきました。

1　いちにち　2　けいかん　3　こうばん　4　こうさてん

9 かばんに　（　　　）を　かいて　ください。

1　なまえ　2　みんな　3　にもつ　4　せびろ

10 これは　（　　　）　車ですか。

1　どこの　2　いくら　3　どちら　4　どうして

文法

1 きのうの　よる、わたしの　いえに　おまわりさんが（　　　）。

1　きます　2　きました

3　つとめます　4　つとめました

2 ちちは　だいがく（　　　）　つとめて　います。

1　に　2　で　3　が　4　へ

3 はが　いたいですから、（　　　）　たべません。

1　なにか　2　なにが　3　なにも　4　なにで

4 わたしは　まいにち　六じ（　　　）　おきます。

1　を　2　に　3　で　4　と

5 あした　ははと　ペットを　（　　　）　いきます。

1　きりに　2　けしに　3　かいに　4　たべに

22天

6 きょうの　テストは　（　　　　）　むずかしかったです。

1　ちょうど　2　すこし　3　もっと　4　だんだん

7 トイレの　なかで　タバコを　（　　　　）ないで　ください。

1　すか　2　すわ　3　すき　4　すま

8 ふゆやすみは　（　　　　）　ありますか。

1　なんがつ　2　いくら　3　どちら　4　どのぐらい

9 あした　うみに　（　　　　）　いきませんか。

1　およぐ　2　およいで　3　およぎに　4　およぎを

10 ノートに　絵が　かいて　（　　　　）。

1　います　2　あります　3　ください　4　ほしいです

解答

文字・語彙（每題 5 分）

1	2	3	4	5	6	7	8	9	10
1	4	4	4	3	4	4	3	1	1

文法（每題 5 分）

1	2	3	4	5	6	7	8	9	10
2	1	3	2	3	2	2	4	3	2

得分（滿分 100 分）

/100

中文翻譯＋解說

文字・語彙

1　昨日(きのう)　デパートで　財布(さいふ)を　買(か)いました。

1　さいふ　　2　ざいふ　　3　さいぬ　　4　ざいぬ

中譯　昨天在百貨公司買了錢包。

2　今日(きょう)は　暑(あつ)いですから、ビールが　飲(の)みたいです。

1　かみたい　　2　おみたい　　3　なみたい　　4　のみたい

中譯　今天很熱，所以想喝啤酒。

3　向(む)こうの　出口(でぐち)から　出(で)ましょう。

1　でくち　　2　てぐち　　3　てくち　　4　でぐち

中譯　從對面的出口出去吧！

4　私(わたし)は　風邪(かぜ)を　引(ひ)いて　います。

1　感いて　　2　染いて　　3　挽いて　　4　引いて

中譯　我感冒了。

解說　本題考「得到感冒」的日文說法，固定就是「風邪(かぜ)を引(ひ)きます」。

5　その話(はなし)は　本当(ほんとう)ですか。

1　真当　　2　真実　　3　本当　　4　本実

中譯　那件事情是真的嗎？

解說　其餘選項的發音：選項1和4無此字；選項2是「真実(しんじつ)」（真實、事實）。

6 あの橋(はし)を 渡(わた)って ください。

1 過って　2 走って　3 通って　**4 渡って**

中譯 請過那座橋。

解說 本題考「動詞て形」。選項1無此字，應是「過(す)ぎて」（經過）；選項2是「走(はし)って」（跑）；選項3是「通(とお)って」（經過、通過、穿過）或者「通(かよ)って」（通勤、通學、往返）；選項4是「渡(わた)って」（渡過）。

7 私(わたし)は 英語(えいご)が （ 全然(ぜんぜん) ） 分(わ)かりません。

1 ときどき　2 すこし　3 だいたい　**4 ぜんぜん**

中譯 我完全不懂英語。

解說 本題考「副詞」。選項1是「時々(ときどき)」（偶爾）；選項2是「少(すこ)し」（稍微）；選項3是「大体(だいたい)」（大致、大體上）；選項4是「全然(ぜんぜん)」（完全〔不〕～；後接否定）。因為題目後面已經出現「分(わ)かりません」（不懂），所以答案為選項4。

8 財布(さいふ)を 無(な)くして、（ 交番(こうばん) ）へ 行(い)きました。

1 いちにち　2 けいかん　**3 こうばん**　4 こうさてん

中譯 錢包弄丟，去了派出所。

解說 本題考「地點」。選項1是「一日(いちにち)」（一天）；選項2是「警官(けいかん)」（警察）；選項3是「交番(こうばん)」（派出所）；選項4是「交差点(こうさてん)」（十字路口）。

9 鞄(かばん)に （ 名前(なまえ) ）を 書(か)いて ください。

1 なまえ　2 みんな　3 にもつ　4 せびろ

中譯 請在包包上寫上名字。

解說 本題考「名詞」。選項1是「名前(なまえ)」（名字）；選項2是「みんな」（大家）；選項3是「荷物(にもつ)」（行李）；選項4是「背広(せびろ)」（西裝）。

10 これは　（　どこの　）　車(くるま)ですか。

1　どこの　　2　いくら　　3　どちら　　4　どうして

中譯　這是哪個牌子的車子呢？

解說　本題考「疑問詞」。選項1是「どこの」（哪裡的；由「どこ」＋「の」而來）；選項2是「いくら」（多少錢）；選項3是「どちら」（哪裡、哪一個）；選項4是「どうして」（為什麼）。

文法

1 昨日(きのう)の　夜(よる)、私(わたし)の　家(いえ)に　お巡(まわ)りさんが　（　来(き)ました　）。

1　きます　　2　きました　　3　つとめます　4　つとめました

中譯　昨天晚上，警察來我們家了。

解說　本題考「動詞過去式」。題目中有「昨日(きのう)」（昨天）代表「過去」，所以只有選項2「来(き)ました」（來了）和選項4「勤(つと)めました」（工作了、擔任了）可能是答案，就句意，正解是選項2。

2 父(ちち)は　大学(だいがく)（　に　）　勤(つと)めて　います。

1　に　　2　で　　3　が　　4　へ

中譯　父親在大學工作。

解說　本題考「助詞」。「地點＋に＋勤(つと)めます」為固定用法，中文意思是「在～工作」。

3 歯(は)が　痛(いた)いですから、（　何(なに)も　）　食(た)べません。

1　なにか　　2　なにが　　3　なにも　　4　なにで

中譯　因為牙痛，所以什麼都沒吃。

解說　本題考助詞「も」的句型。「疑問詞＋も＋否定句」為「完全否定」，意思為「～都沒有」或是「～都不」。所以答案要選疑問詞「何(なに)」（什麼）＋助詞「も」（也），也就是選項3「何(なに)も」（什麼都～）。

4　私は　毎日　六時（　に　）　起きます。

1　を　　2　に　　3　で　　4　と

中譯　我每天六點起床。

解說　本題考「助詞」。選項1是「を」，表示「動作、作用的對象」；選項2是「に」（在～），表示「動作發生的時間點」；選項3是「で」（在～），表示「動作發生的地點」；選項4是「と」（和～），表示「共同動作的對象」。

5　明日　母と　ペットを　（　買いに　）　行きます。

1　きりに　　2　けしに　　3　かいに　　4　たべに

中譯　明天要和媽媽去買寵物。

解說　本題考助詞「に」的句型。「名詞或是動詞ます形＋に＋移動動詞」用來表示動作的目的，中文為「為了～而～」。題目為「為了買寵物而去」，所以要將動詞「買います」（買）去掉「ます」後，再加上助詞「に」，變成「買いに」，之後再加移動動詞「行きます」（去）。

6　今日の　テストは　（　少し　）　難しかったです。

1　ちょうど　　2　すこし　　3　もっと　　4　だんだん

中譯　今天的考試有點難。

解說　本題考「副詞」。選項1是「ちょうど」（剛好）；選項2是「少し」（稍微）；選項3是「もっと」（更加）；選項4是「だんだん」（漸漸地）。

7　トイレの　中で　タバコを　（　吸わ　）ないで　ください。

1　すか　　2　すわ　　3　すき　　4　すま

中譯　請不要在廁所裡抽菸。

解說　本題考「動詞ない形」的相關句型。「動詞ない形＋で＋ください」的中文意思是「請不要～」。所以要把動詞「吸います」（吸、抽）改成「ない形」，也就是「吸わない」，所以答案為選項2「吸わ」。

8　冬休(ふゆやす)みは　（　どのぐらい　）　ありますか。

1　なんがつ　　2　いくら　　3　どちら　　4　どのぐらい

中譯　寒假大約有多久呢？

解說　本題考「疑問詞」。選項1是「何月(なんがつ)」（幾月）；選項2是「いくら」（多少錢）；選項3是「どちら」（哪裡、哪一個）；選項4是「どのぐらい」（表程度；大約多久、大約多遠、大約多少）。

9　明日(あした)　海(うみ)に　（　泳(およ)ぎに　）　行(い)きませんか。

1　およぐ　　2　およいで　　3　およぎに　　4　およぎを

中譯　明天要不要去海邊游泳呢？

解說　本題考助詞「に」的句型。「名詞或是動詞~~ます~~形＋に＋移動動詞」用來表示動作的目的，中文為「為了～而～」。題目為「為了游泳而去」，所以要將動詞「泳(およ)ぎます」（游泳）去掉「ます」後，再加上助詞「に」，變成「泳(およ)ぎに」，之後再加移動動詞「行(い)きます」（去）。

10　ノートに　絵(え)が　描(か)いて　（　あります　）。

1　います　　2　あります　　3　ください　　4　ほしいです

中譯　筆記本上有畫著畫。

解說　本題考補助動詞「てあります」的用法。句型「主詞＋が＋動詞て形＋あります」表示動作、作用的「結果狀態」，中文可翻譯成「有～著～」。

考題

文字・語彙

1 きょうは　曇りですから、せんたくしません。

1　くもり　2　ぐもり　3　くまり　4　ぐまり

2 ホテルの　側に　ぎんこうが　あります。

1　よこ　2　した　3　がわ　4　そば

3 あついですから、窓を　あけて　ください。

1　まど　2　かど　3　はこ　4　くち

4 はいるまえに、くつを　ぬいで　ください。

1　脱いで　2　放いで　3　履いで　4　剥いで

5 きょうは　はれて　いますから、うみで　およぎましょう。

1　晴れて　2　好れて　3　放れて　4　張れて

6 ここでは　スリッパを　はいて　ください。

1　くりっぱ　2　くいっぱ　3　すりっぱ　4　すいっぱ

7 あねは　ぎんこうに　（　　　）　います。

1　あるいて　2　つかって　3　つとめて　4　はじめて

8 ネクタイを　（　　　　）ことが　できますか。

1　しまる　2　しめる　3　つける　4　いれる

9 ははは　スーパーへ　（　　　　）に　いきました。

1　けっこん　2　たべもの　3　たてもの　4　かいもの

10 あのおとこの　ひとは　ちちの　（　　　　）です。

1　いもうと　2　おとうと　3　おくさん　4　とりにく

文法

1 やすみの　日は　いつも　ともだち（　　　　）　あそびます。

1　が　2　を　3　と　4　に

2 昼ごはんは　ははが　（　　　　）べんとうを　たべました。

1　つくるを　2　つくるの

3　つくります　4　つくった

3 わたしの　じしょを　（　　　　）　ください。

1　かして　2　かえして　3　はなして　4　おして

4 にほんごの　じゅぎょうは　なんじ（　　　　）　はじまりますか。

1　ぐらい　2　ごろ　3　など　4　とき

5 がっこうに　いく（　　　　）、松田さんに　あいました。

1　こと　2　もの　3　とき　4　あと

6 きょうの　テストは　とても　（　　　　）　できました。

1　よく　　2　あまり　　3　たぶん　　4　すこし

7 やさいは　（　　　　）　ありませんから、たべません。

1　すきが　　2　すきに　　3　すきでは　　4　すきくは

8 わたしの　おとうとは　らいねん　だいがくに　（　　　　）。

1　はじまります　　2　はります

3　はいります　　4　はしります

9 テレビを　（　　　　）ながら、ごはんを　たべないで　ください。

1　み　　2　みて　　3　みる　　4　みた

10 シャリーを　（　　　　）あとで、おさけを　のみましょう。

1　あびる　　2　あびた　　3　あびて　　4　あびます

23天

解答

文字・語彙（每題 5 分）

1	2	3	4	5	6	7	8	9	10
1	4	1	1	1	3	3	2	4	2

文法（每題 5 分）

1	2	3	4	5	6	7	8	9	10
3	4	2	2	3	1	3	3	1	2

得分（滿分 100 分）

/100

中文翻譯＋解說

文字・語彙

1　今日は　曇りですから、洗濯しません。

1　くもり　　2　ぐもり　　3　くまり　　4　ぐまり

中譯　今天因為是陰天，所以不洗衣服。

2　ホテルの　側に　銀行が　あります。

1　よこ　　2　した　　3　がわ　　4　そば

中譯　飯店的旁邊有銀行。

解說　本題考「方位」。選項1是「横」（旁邊）；選項2是「下」（下面）；選項3是「～側」（～側）；選項4是「側」（旁邊）。漢字「側」不同發音有不同意思，要依照正確意思選擇答案。

3　暑いですから、窓を　開けて　ください。

1　まど　　2　かど　　3　はこ　　4　くち

中譯　因為很熱，請開窗。

解說　本題考「名詞」。選項1是「窓」（窗）；選項2是「角」（角、角落、轉角）；選項3是「箱」（箱子）；選項4是「口」（嘴、口）。

4　入る前に、靴を　脱いで　ください。

1　脱いで　　2　放いで　　3　履いで　　4　剥いで

中譯　進去之前，請脫鞋。

解說　選項2、3無此字；選項4是「剥いで」（剝下、扯掉、撕掉）。

5　今日は　晴れて　いますから、海で　泳ぎましょう。

1　晴れて　　2　好れて　　3　放れて　　4　張れて

中譯　今天因為是晴天，到海邊游泳吧！

6 ここでは　スリッパを　履(は)いて　ください。

1　くりっぱ　　2　くいっぱ　　3　すりっぱ　　4　すいっぱ

中譯　這裡請穿拖鞋。

7 姉(あね)は　銀行(ぎんこう)に　（　勤(つと)めて　）　います。

1　あるいて　　2　つかって　　3　つとめて　　4　はじめて

中譯　姊姊在銀行上班。

解說　本題考「動詞て形」。選項1是「歩(ある)いて」（走路）；選項2是「使(つか)って」（使用）；選項3是「勤(つと)めて」（工作、任職）；選項4是「始(はじ)めて」（開始）。

8 ネクタイを　（　締(し)める　）ことが　できますか。

1　しまる　　2　しめる　　3　つける　　4　いれる

中譯　會打領帶嗎？

解說　本題考「自、他動詞」。選項1是自動詞「締(し)まる」（緊、勒緊）；選項2是他動詞「締(し)める」（繫～）；選項3是他動詞「点(つ)ける」（點燃、開燈）或「浸(つ)ける」（浸泡）或「付(つ)ける」（沾上、附加）；選項4是他動詞「入(い)れる」（放進～）。就句意，選項1和選項2有可能，但是「打」領帶這個動作要用「他動詞」，所以答案為選項2「締(し)める」。

9 母(はは)は　スーパーへ　（　買(か)い物(もの)　）に　行(い)きました。

1　けっこん　　2　たべもの　　3　たてもの　　4　かいもの

中譯　媽媽去超市買東西了。

解說　本題考「名詞」。選項1是「結婚(けっこん)」（結婚）；選項2是「食(た)べ物(もの)」（食物）；選項3是「建物(たてもの)」（建築物）；選項4是「買(か)い物(もの)」（購物）。

10 あの男(おとこ)の　人(ひと)は　父(ちち)の　（　弟(おとうと)　）です。

1　いもうと　　2　おとうと　　3　おくさん　　4　とりにく

中譯　那個男人是父親的弟弟。

解說　本題考「稱謂」。選項1是「妹(いもうと)」（妹妹）；選項2是「弟(おとうと)」（弟弟）；選項3是「奥(おく)さん」（太太）；選項4是「鶏肉(とりにく)」（雞肉）。

文法

1 休(やす)みの　日(ひ)は　いつも　友達(ともだち)（　と　）　遊(あそ)びます。

1　が　　2　を　　3　と　　4　に

中譯　放假日總是和朋友玩。

解說　本題考「助詞」。助詞「と」的用法很多，本題表示共同動作的對象，中文可翻譯成「和～（一起）」。

2 昼(ひる)ご飯(はん)は　母(はは)が　（　作(つく)った　）弁当(べんとう)を　食(た)べました。

1　つくるを　　2　つくるの　　3　つくります　　4　つくった

中譯　午餐吃媽媽做的便當了。

解說　本題考「動詞接續名詞」的方法。當動詞要修飾名詞時，必須使用「常體」，以本題「作(つく)る」（做）為例，只有以下四種可能：

現在肯定	現在否定	過去肯定	過去否定
作(つく)る（做）	作(つく)らない（不做）	作(つく)った（做了）	作(つく)らなかった（過去沒做）

就文法來說，只有選項4為可能答案，形成「母(はは)が作(つく)った弁当(べんとう)」（媽媽做的便當）。

3 私(わたし)の　辞書(じしょ)を　（　返(かえ)して　）　ください。

1　かして　　2　かえして　　3　はなして　　4　おして

中譯　請歸還我的字典。

解說　本題考「動詞て形」。選項1是「貸(か)して」（借出）；選項2是「返(かえ)して」（歸還）；選項3是「離(はな)して」（使～放開）；選項4是「押(お)して」（按壓、推）。

依選項中文意思，選項1和選項2可能是答案。但若是選項1，會變成「私(わたし)の辞書(じしょ)を貸(か)してください」（請借我的書給我），當然錯誤。

4 日本語の　授業は　何時（　頃　）　始まりますか。

1　ぐらい　　2　ごろ　　3　など　　4　とき

中譯　日文課幾點左右開始呢？

解說　本題考「ぐらい」（～左右）和「頃」（～左右）的差異。「頃」接續在時間之後，指的是時間點的前後，例如「何時頃」（幾點左右），而「ぐらい」接續在數量詞之後，指的是數量的多寡，例如「何時間ぐらい」（幾個小時左右），所以答案是選項2。

5 学校に　行く（　時　）、松田さんに　会いました。

1　こと　　2　もの　　3　とき　　4　あと

中譯　去學校的時候，遇到了松田同學。

解說　本題考「時間表現」。「時」用於連接二個句子，表示後面句子所描述的動作或狀態所成立的時間，中文翻譯成「～時候」。此時「時」視為名詞，用法如下：

動詞普通形 い形容詞普通形 な形容詞＋な 名詞＋の	＋時

所有選項都是「形式名詞」的用法，將前面接續的詞語「名詞化」。選項1是「こと」（～事情）；選項2是「もの」（～東西）；選項3是「時」（～時候）；選項4是「後」（～後），「動詞た形＋後で」意思是「～之後，～」。

6 今日の　テストは　とても　（　よく　）　できました。

1　よく　　2　あまり　　3　たぶん　　4　すこし

中譯　今天的考試考得非常好。

解說　本題考「副詞」。選項1是「よく」（好好地、經常）；選項2是「あまり」（不太～；後接否定）；選項3是「多分」（應該是、恐怕是）；選項4是「少し」（稍微）。

7　野菜は　（　好きでは　）　ありませんから、食べません。

1　すきが　　2　すきに　　3　すきでは　　4　すきくは

中譯　因為不喜歡蔬菜，所以不吃。

解說　本題考「な形容詞的現在否定」。「好き」（喜歡）為「な形容詞」，其變化整理如下：

	現在	過去
肯定	好きです（喜歡）	好きでした（過去喜歡）
否定	好きではありません （不喜歡）	好きではありませんでした （過去不喜歡）

8　私の　弟は　来年　大学に　（　入ります　）。

1　はじまります　　2　はります

3　はいります　　4　はしります

中譯　我弟弟明年上大學。

解說　本題考「發音、外型相似的動詞」。選項1是「始まります」（開始）；選項2是「貼ります」（貼），選項3是「入ります」（進入）；選項4是「走ります」（跑）。

9　テレビを　（　見　）ながら、ご飯を　食べないで　ください。

1　み　　2　みて　　3　みる　　4　みた

中譯　請不要一邊看電視，一邊吃飯。

解說　本題考接續助詞「ながら」的用法。動詞接續「ながら」時，變化為「動詞~~ます~~形＋ながら」，表示「一邊～一邊～」。所以要將動詞「見ます」先去掉「ます」，再接續「ながら」，成為「見ながら」（一邊看，一邊～）。

10　シャワーを　（　浴びた　）後で、お酒を　飲みましょう。

1　あびる　　2　あびた　　3　あびて　　4　あびます

中譯　淋浴後，來喝酒吧！

解說　本題考「動詞た形＋後で」這個句型，意思是「在～之後」。所以答案必須是「動詞た形」，也就是選項2「浴びた」（淋浴了）。

24 天

考題

文字・語彙

1 晴れの　ひは　こうえんを　さんぽします。

1　はれ　　2　ばれ　　3　かれ　　4　がれ

2 ははは　夕べ　ともだちと　でかけました。

1　たいべ　　2　らいべ　　3　こうべ　　4　ゆうべ

3 あねは　きょねん　結婚しました。

1　りょうりしました　　2　けんかしました

3　そうじしました　　4　けっこんしました

4 このほてるは　とても　ふるいです。

1　ホタル　　2　ホテル　　3　ホカル　　4　ホラル

5 きのうは　あめが　ふって　いました。

1　下って　　2　振って　　3　降って　　4　落って

6 すみません、さいふを　わすれました。

1　銭包　　2　財包　　3　銭布　　4　財布

7 あには　せが　たかいですが、おとうとは　せが（　　　）です。

1　ちいさい　　2　ひくい　　3　わかい　　4　よわい

8 やおやで　くだものや　（　　　　）などを　かいました。

1　くすり　　2　みどり　　3　やさい　　4　ぶたにく

9 かぜが　つよいですから、まどを　（　　　　）ましょう。

1　つけ　　2　あけ　　3　だし　　4　しめ

10 （　　　　）を　つかって、ごはんを　たべます。

1　はこ　　2　とり　　3　かお　　4　はし

文法

1 しょくどうで　なに（　　　　）　たべましょう。

1　か　　2　が　　3　も　　4　と

2 木の　うえに　とりが　（　　　　）　います。

1　はじめて　　2　おおぜい　　3　たくさん　　4　ぜんぶ

3 どれ（　　　　）　あなたの　まんねんひつですか。

1　は　　2　が　　3　の　　4　を

4 ちちの　ポケットの　なかに　（　　　　）が　ありました。

1　ポスト　　2　ページ　　3　ボタン　　4　ストーブ

5 にちようびは　雨が　ふったから、（　　　　）　いきませんでした。

1　どこか　　2　どこへ　　3　どこに　　4　どこへも

6 せんせいの　奥さんは　うた（　　　　）　じょうずです。

1　は　　2　を　　3　が　　4　に

7 うみの　みずは　とても　（　　　　）です。

1　さびしかった　　2　つめたかった

3　さむかった　　4　つまらなかった

8 きのう　デパートで　せんせい（　　　　）　あいました。

1　が　　2　は　　3　に　　4　を

9 けっこんしますから、いえを　（　　　　）　しました。

1　きれい　　2　きれいに　　3　きかいで　　4　きれいな

10 ははは　銀行まで　（　　　　）　いきました。

1　あるくて　　2　あるかって

3　あるいて　　4　あるきて

解答

文字・語彙（每題 5 分）

1	2	3	4	5	6	7	8	9	10
1	4	4	2	3	4	2	3	4	4

文法（每題 5 分）

1	2	3	4	5	6	7	8	9	10
1	3	2	3	4	3	2	3	2	3

得分（滿分 100 分）

/100

中文翻譯＋解說

文字・語彙

1 晴れの　日は　公園を　散歩します。

1　はれ　　2　ばれ　　3　かれ　　4　がれ

中譯　天晴的日子在公園散步。

2 母は　夕べ　友達と　出かけました。

1　たいべ　　2　らいべ　　3　こうべ　　4　ゆうべ

中譯　媽媽昨天晚上和朋友出去了。

3 姉は　去年　結婚しました。

1　りょうりしました　　2　けんかしました

3　そうじしました　　4　けっこんしました

中譯　姊姊去年結婚了。

解說　本題考「動詞過去式」。選項1是「料理しました」（做菜了）；選項2是「喧嘩しました」（吵架了）；選項3是「掃除しました」（打掃了）；選項4是「結婚しました」（結婚了）。

4 このほてるは　とても　古いです。

1　ホタル　　2　ホテル　　3　ホカル　　4　ホラル

中譯　這家飯店非常老舊。

5　昨日(きのう)は　雨(あめ)が　降(ふ)って　いました。

1　下って　　2　振って　　3　降って　　4　落って

中譯　昨天下著雨。

解說　本題考「動詞て形」。選項1是「下(くだ)って」（下〔結論〕）；選項2是「振(ふ)って」（搖）；選項3是「降(ふ)って」（下〔雨〕）；選項4無此字，正確應是「落(お)ちて」（掉落）。

6　すみません、財布(さいふ)を　忘(わす)れました。

1　銭包　　2　財包　　3　銭布　　4　財布

中譯　不好意思，忘了帶錢包。

7　兄(あに)は　背(せ)が　高(たか)いですが、弟(おとうと)は　背(せ)が　（　低(ひく)い　）です。

1　ちいさい　　2　ひくい　　3　わかい　　4　よわい

中譯　哥哥個子很高，但是弟弟個子很矮。

解說　本題考「い形容詞」以及助詞「が」的用法。

「句子$_1$＋が＋句子$_2$」句型中，助詞「が」用來表示「逆接」，中文翻譯成「雖然～但是～」。由於句子$_1$是「高(たか)い」（高的），所以句子$_2$中的解答一定是反向的字。

選項1是「小(ちい)さい」（小的）；選項2是「低(ひく)い」（矮的、低的）；選項3是「若(わか)い」（年輕的）；選項4是「弱(よわ)い」（弱小的）。答案是選項2。

8　八百屋(やおや)で　果物(くだもの)や　（　野菜(やさい)　）などを　買(か)いました。

1　くすり　　2　みどり　　3　やさい　　4　ぶたにく

中譯　在蔬果店買了水果和蔬菜等等。

解說　本題考「名詞」。選項1是「薬(くすり)」（藥）；選項2是「緑(みどり)」（綠色）；選項3是「野菜(やさい)」（蔬菜）；選項4是「豚肉(ぶたにく)」（豬肉）。

9　風(かぜ)が　強(つよ)いですから、窓(まど)を　（　閉(し)め　）ましょう。

1　つけ　　2　あけ　　3　だし　　4　しめ

中譯　因為風很強，關窗吧！

解說 本題考「動詞」。選項1是「点けます」（點燃、開燈）或「浸けます」（浸泡）或「付けます」（沾上、附加）；選項2是「開けます」（開〔門、窗〕）；選項3是「出します」（交出）；選項4是「閉めます」（關〔門、窗〕）。

10 （ 箸 ）を 使って、ご飯を 食べます。

1 はこ　　2 とり　　3 かお　　4 はし

中譯 用筷子吃飯。

解說 本題考「名詞」。選項1是「箱」（箱子）；選項2是「鳥」（鳥）；選項3是「顔」（臉）；選項4是「箸」（筷子）。

文法

1 食堂で 何（ か ） 食べましょう。

1 か　　2 が　　3 も　　4 と

中譯 在食堂吃點什麼吧！

解說 本題考「助詞」。選項1是「か」，用來表示不確定的人、事、物，正確；選項2正確用法是「疑問詞＋が＋疑問句」，要變成「何が食べたいですか」才是正確日文；選項3正確用法是「疑問詞＋も＋否定句」，要變成「何も食べません」（什麼都沒吃）才對；選項4是「と」（和），完全不對。

2 木の 上に 鳥が （ たくさん ） います。

1 はじめて　　2 おおぜい　　3 たくさん　　4 ぜんぶ

中譯 樹上有很多小鳥。

解說 本題考「副詞」。選項1是「初めて」（最初、初次）；選項2是「大勢」（許多〔人〕）；選項3是「たくさん」（很多）；選項4是「全部」（全部）。

3　どれ（　が　）　あなたの　万年筆（まんねんひつ）ですか。

1　は　　2　が　　3　の　　4　を

中譯　哪一支是你的鋼筆呢？

解說　本題考「助詞」。助詞「が」的用法很多，以「疑問詞＋が＋疑問句」句型出現時，「が」用來提示主詞，以及強調詢問的內容。

4　父（ちち）の　ポケットの　中（なか）に　（　ボタン　）が　ありました。

1　ポスト　　2　ページ　　3　ボタン　　4　ストーブ

中譯　父親的口袋裡有扣子。

解說　本題考「外來語」。選項1是「ポスト」（郵筒）；選項2是「ページ」（頁）；選項3是「ボタン」（鈕扣）；選項4是「ストーブ」（火爐、暖爐）。

5　日曜日（にちようび）は　雨（あめ）が　降（ふ）ったから、（　どこへも　）　行（い）きませんでした。

1　どこか　　2　どこへ　　3　どこに　　4　どこへも

中譯　星期日因為下雨，所以哪裡都沒去。

解說　本題考助詞「も」的句型。「疑問詞＋も＋否定句」表示全盤的否定，中文可翻譯成「～都沒～」或是「～都不～」。

6　先生（せんせい）の　奥（おく）さんは　歌（うた）（　が　）　上手（じょうず）です。

1　は　　2　を　　3　が　　4　に

中譯　老師的太太唱歌很厲害。

解說　本題考「助詞」。助詞「が」的用法很多，當後面接續「上手（じょうず）」（厲害、拿手）、「下手（へた）」（不厲害、不拿手）、「得意（とくい）」（擅長）、「苦手（にがて）」（不擅長）等形容詞時，表示能力、巧拙的對象。

7　海（うみ）の　水（みず）は　とても　（　冷（つめ）たかった　）です。

1　さびしかった　　2　つめたかった

3　さむかった　　4　つまらなかった

中譯　海水非常冰冷。

解說　本題考「い形容詞的過去式」。「い形容詞→過去式」為「い形容詞去い＋かった」。選項1是「寂しかった」（〔過去是〕寂寞的）；選項2是「冷たかった」（〔過去是〕冰冷的）；選項3是「寒かった」（〔過去是〕寒冷的）；選項4是「つまらなかった」（〔過去是〕無聊的）。

其中選項3的「寒かった」文法正確，但是它只能用在「天氣、氣候」的「寒冷」，不能拿來形容「海水、飲料」的「冰冷」，所以不對。

8　昨日　デパートで　先生（　に　）　会いました。

1　が　　2　は　　3　に　　4　を

中譯　昨天在百貨公司遇到了老師。

解說　本題考「助詞」。助詞「に」的用法很多，本題表示承受動作的對象。

9　結婚しますから、家を　（　綺麗に　）　しました。

1　されい　　2　きれいに　　3　きかいで　　4　きれいな

中譯　因為要結婚，所以把家裡煥然一新。

解說　本題考「な形容詞接續動詞」的用法。「綺麗」（漂亮、乾淨）是な形容詞，「しました」（做了～）是動詞。な形容詞要修飾動詞時，必須變化成副詞。變化成副詞的方式為「語幹＋に」，也就是「綺麗に」，故答案為選項2。

10　母は　銀行まで　（　歩いて　）　行きました。

1　あるくて　　2　あるかって　　3　あるいて　　4　あるきて

中譯　媽媽走路去銀行了。

解說　本題考「動詞接續動詞」的用法。「歩きます」（走路）是動詞，「行きます」（去）也是動詞。此時要將第一個動詞改成「て形」，再連接第二個動詞，所以要將「歩きます」改成て形，就是選項3「歩いて」。

25天

考題

讀解

もんだい１

つぎの　ぶんを　読んで　しつもんに　こたえて　ください。こたえは　1・2・3・4から　いちばん　いい　ものを　一つ　えらんで　ください。

陳さんへ

ごご　二じごろ　鈴木さんから　でんわが　ありました。おととい　二人で　かいた文章を　コピーして、部長に　わたしてくださいと　いうことです。わからないときは、わたしに　でんわで　きいて　ください。

田村

問１　陳さんは　なにを　しますか。

1　部長に　でんわしたあとで、コピーします。
2　鈴木さんに　でんわして、コピーを　わたします。
3　鈴木さんと　かいた文章を　コピーして、部長に　わたします。
4　鈴木さんの　かいた文章を　コピーするまえに、でんわします。

問2　陳さんと　鈴木さんは　おととい　なにを　しましたか。

1　いっしょに　コピーしました。

2　いっしょに　文章を　かきました。

3　ふたりで　部長に　でんわしました。

4　ふたりで　文章を　コピーしました。

もんだい2

つぎの　ぶんを　読んで　しつもんに　こたえて　ください。こたえは　1・2・3・4から　いちばん　いい　ものを　一つ　えらんで　ください。

わたしは　五人かぞくです。父と　母と　兄と　妹が　います。父は　銀行で　はたらいて　います。とても　いそがしいです。毎日、おそくまで　はたらいて　います。ほとんど　十二じすぎに　かえります。母は　りょうりが　じょうずです。でも、ときどき　おこります。こわいです。兄は　アメリカの　大学で　にほんごを　おしえて　います。兄は　アメリカは　おもしろいと　言います。いつか　わたしも　行きたいです。妹は　こうこうせいです。とても　かわいいです。わたしは　わたしの　かぞくが　大好きです。

問1　「わたし」の　家には　いま　何人　すんで　いますか。

1　二人です。

2　三人です。

3　四人です。

4　五人です。

25
天

問２　「わたし」の　おにいさんの　しごとは　何ですか。

　１　銀行員です。
　２　会社員です。
　３　大学生です。
　４　先生です。

聴解

もんだい１ MP3-29

もんだい１では　はじめに　しつもんを　きいて　ください。それから　はなしを　きいて、もんだいようしの　１から　４の　なかから、いちばん　いい　ものを　ひとつ　えらんで　ください。

１　一日に　二回　飲みます。
２　一日に　三回　飲みます。
３　一日に　五回　飲みます。
４　一日に　六回　飲みます。

もんだい２

もんだい２では　はじめに　しつもんを　きいて　ください。そして　１から　３の　なかから、いちばん　いい　ものを　ひとつ　えらんで　ください。

１ばん　MP3-30　①　②　③
２ばん　MP3-31　①　②　③
３ばん　MP3-32　①　②　③

もんだい３

　もんだい３では　ぶんを　きいて、１から　３の　なかから、いちばん　いい　ものを　ひとつ　えらんで　ください。

1 ばん　MP3-33　① ② ③

2 ばん　MP3-34　① ② ③

3 ばん　MP3-35　① ② ③

解答

讀解

問題 1（每題 9 分）

1	2
3	2

問題 2（每題 9 分）

1	2
3	4

聽解

問題 1（每題 10 分）

1

問題 2（每題 9 分）

1	2	3
1	3	1

問題 3（每題 9 分）

1	2	3
2	2	2

得分（滿分 100 分）

/100

中文翻譯＋解說

讀解

問題(もんだい) 1

次(つぎ)の　文(ぶん)を　読(よ)んで　質問(しつもん)に　答(こた)えて　ください。答(こた)えは　1・2・3・4　から　一番(いちばん)　いい　ものを　一(ひと)つ　選(えら)んで　ください。

> 陳(ちん)さんへ
>
> 　午後(ごご)　二時頃(にじごろ)　鈴木(すずき)さんから　電話(でんわ)が　ありました。一昨日(おととい)　二人(ふたり)で　書(か)いた文章(ぶんしょう)を　コピーして、部長(ぶちょう)に　渡(わた)して　くださいと　いうことです。分(わ)からない時(とき)は、私(わたし)に　電話(でんわ)で　聞(き)いて　ください。
>
> 田村(たむら)

問(とい)1　陳(ちん)さんは　何(なに)を　しますか。

1　部長(ぶちょう)に　電話(でんわ)した後(あと)で、コピーします。
2　鈴木(すずき)さんに　電話(でんわ)して、コピーを　渡(わた)します。
3　鈴木(すずき)さんと　書(か)いた文章(ぶんしょう)を　コピーして、部長(ぶちょう)に　渡(わた)します。
4　鈴木(すずき)さんの　書(か)いた文章(ぶんしょう)を　コピーする前(まえ)に、電話(でんわ)します。

問(とい)2　陳(ちん)さんと　鈴木(すずき)さんは　一昨日(おととい)　何(なに)を　しましたか。

1　一緒(いっしょ)に　コピーしました。
2　一緒(いっしょ)に　文章(ぶんしょう)を　書(か)きました。
3　二人(ふたり)で　部長(ぶちょう)に　電話(でんわ)しました。
4　二人(ふたり)で　文章(ぶんしょう)を　コピーしました。

中譯

致陳先生

下午二點左右，鈴木先生那邊來過電話。說請影印前天二位一起寫的文章，然後交給部長。如果不清楚的話，請打電話問我。

田村

問1　陳先生要做什麼呢？

1　打電話給部長後，影印。

2　打電話給鈴木先生，交付影印好的東西。

3　影印和鈴木先生一起寫的文章，然後交給部長。

4　在影印鈴木先生寫的文章之前，打電話。

問2　陳先生和鈴木先生前天做了什麼？

1　一起影印了。

2　一起寫了文章。

3　二人一起打電話給部長了。

4　二人一起影印文章了。

解說

- 二人で：「で」表示動作、作用進行的狀態，所以翻譯成「二人一起」。
- 部長に渡して / 私に聞いて：二個「に」都表示動作、作用的對象，所以翻譯成「交給部長 / 問我」。
- ということ：～一事、～的是。

問題2

次の 文を 読んで 質問に 答えて ください。答えは 1・2・3・4 から 一番 いい ものを 一つ 選んで ください。

私は 五人家族です。父と 母と 兄と 妹が います。父は 銀行で 働いて います。とても 忙しいです。毎日、遅くまで 働いて います。殆ど 十二時過ぎに 帰ります。母は 料理が 上手です。でも、時々 怒ります。怖いです。兄は アメリカの 大学で 日本語を 教えて います。兄は アメリカは 面白いと 言います。いつか 私も 行きたいです。妹は 高校生です。とても 可愛いです。私は 私の 家族が 大好きです。

問1 「私」の 家には 今 何人 住んで いますか。

1 二人です。
2 三人です。
3 四人です。
4 五人です。

問2 「私」の お兄さんの 仕事は 何ですか。

1 銀行員です。
2 会社員です。
3 大学生です。
4 先生です。

中譯

我們家有五個人。有爸爸和媽媽和哥哥和妹妹。爸爸在銀行上班。非常忙碌。每天，工作到很晚。幾乎都是過十二點才回家。媽媽很會做菜。但是，有時候會生氣。很恐怖。哥哥正在美國的大學教日語。哥哥說美國很有趣。總有一天我也想去。妹妹是高中生。非常可愛。我非常喜歡我的家人。

問1　「我」的家現在住著幾個人呢？

1　二個人。

2　三個人。

3　四個人。

4　五個人。

問2　「我」的哥哥的工作是什麼呢？

1　銀行行員。

2　上班族。

3　大學生。

4　老師。

解說

- ～ています：表示動作的持續，中文可翻譯成「正～著、正在～」。
- ～過（す）ぎ：過了～。
- いつか：總有一天。

聽解

問題 1 MP3-29

問題１では　初めに　質問を　聞いて　ください。それから　話を　聞いて、問題用紙の　１から　４の　中から、一番　いい　ものを　一つ　選んで　ください。

病院で　医者と　女の　人が　話して　います。女の　人は　一日に　何回　薬を　飲みますか。

男：この薬は　朝と　夜　飲んで　ください。
女：ご飯を　食べる前ですか。食べた後ですか。
男：後です。
女：昼ご飯の　後は　飲みませんか。
男：はい、飲まないで　ください。
女：分かりました。
男：今日から　六日間　飲んで　ください。
女：三日間ですか。
男：いえ、六日間です。
女：分かりました。ありがとう　ございました。

女の　人は　一日に　何回　薬を　飲みますか。

1　一日に　二回　飲みます。
2　一日に　三回　飲みます。
3　一日に　五回　飲みます。
4　一日に　六回　飲みます。

中譯

醫院裡醫生和女人正在說話。女人一天要吃幾次藥呢？

男：這種藥，請早上和晚上吃。

女：飯前嗎？還是飯後呢？

男：後。

女：午飯後不吃嗎？

男：是的，請不要吃。

女：了解。

男：請從今天開始吃六天。

女：三天嗎？

男：不，是六天。

女：了解。謝謝您。

女人一天要吃幾次藥呢？

1　一天吃二次。

2　一天吃三次。

3　一天吃五次。

4　一天吃六次。

解說

- 薬（くすり）を飲（の）みます：吃藥。
- 食（た）べる前（まえ）：飯前。「動詞辭書形＋前（まえ）」表示「～之前」。
- 食（た）べた後（あと）：飯後。「動詞た形＋後（あと）」表示「～之後」。
- 常考「次數」整理如下：

いっかい 一回	に かい 二回	さんかい 三回	よんかい 四回	ご かい 五回
ろっかい 六回	ななかい 七回	はっかい 八回	きゅうかい 九回	じゅっかい 十回

- 常考「天數」整理如下：

いちにち 一日	ふつ か かん 二日間	みっ か かん 三日間	よっ か かん 四日間	いつ か かん 五日間
むい か かん 六日間	なの か かん 七日間	よう か かん 八日間	ここの か かん 九日間	とお か かん 十日間

問題 2

問題 2 では　初めに　質問を　聞いて　ください。そして　1 から　3 の　中から、一番　いい　ものを　一つ　選んで　ください。

1 番　MP3-30

友達が　家に　遊びに　来ました。友達が　帰る時、あなたは　何と　言いますか。

1　また　来て　くださいね。

2　もう　来ません。

3　どういたしまして。

中譯

朋友來家裡玩了。朋友要回去時，你要說什麼呢？

1　請再來喔！

2　再也不來了。

3　不客氣。

2 番　MP3-31

味が　薄いから、醤油が　ほしいです。何と　言いますか。

1　その醤油を　使いましょう。

2　その醤油を　飲んで　ください。

3　その醤油を　取って　ください。

中譯

因為味道淡，所以想要醬油。要說什麼呢？

1　用那個醬油吧！

2　請喝那個醬油。

3　請拿那個醬油。

解說

- ～がほしい：想要～。

3番(ばん) MP3-32

雨(あめ)です。友達(ともだち)は　傘(かさ)が　ありません。何(なん)と　言(い)いますか。

1　傘(かさ)を　貸(か)しましょうか。

2　傘(かさ)を　借(か)りても　いいですか。

3　傘(かさ)を　貸(か)して　ください。

中譯

下雨了。朋友沒有雨傘。要說什麼呢？

1　借你雨傘吧！

2　可以借我雨傘嗎？

3　請借我雨傘。

解說

- 貸(か)します：借出，借東西給別人。
- 借(か)ります：借入，向別人借東西。

問題(もんだい) 3

> 問題(もんだい)3では　文(ぶん)を　聞(き)いて、1から　3の　中(なか)から、一番(いちばん)　いい　ものを　一(ひと)つ　選(えら)んで　ください。

1番(ばん) MP3-33

男：この女(おんな)の　人(ひと)を　知(し)って　いますか。

女：1　はい、分(わ)かりました。

2　いえ、知(し)りません。

3　いいえ、知(し)って　います。

中譯

男：妳認識這個女生嗎？

女：1　好的，我知道了。

2　不，不認識。

3　不是，我認識。

解說

- 分(わ)かります：理解、懂得、明白，主語是「事物」。例如：「日本語(にほんご)が分(わ)かります。」（懂日文。）
- 知(し)ります：曉得、認識，主語是「人」。例如：「彼(かれ)の苦労(くろう)を知(し)っています。」（我曉得他的辛苦。）、「この人(ひと)を知(し)っています。」（我認識這個人。）可參考P171解說。

2番(ばん) MP3-34

男：絵(え)が　上手(じょうず)ですね。

女：1　どういたしまして。

　　2　ありがとう　ございます。

　　3　ええ、こちらこそ。

中譯

男：圖畫得真好呢！

女：1　不客氣。

　　2　謝謝您。

　　3　嗯，我才是（彼此彼此）。

3番(ばん) MP3-35

女：うるさいです。ラジオを　消(け)して　ください。

男：1　はい、そうです。

　　2　はい、分(わ)かりました。

　　3　おかげさまで。

中譯

女：很吵。請把收音機關起來。

男：1　是的，沒錯。

　　2　好的，我知道了。

　　3　託您的福。

考題

文字・語彙

1 このビールは　冷たくて、おいしいです。

1　つめたくて　　2　ひえたくて

3　れいたくて　　4　さえたくて

2 わたしは　あのひとが　嫌いです。

1　せまい　2　ひくい　3　きらい　4　よわい

3 このへんは　とても　便利です。

1　だんり　2　べんり　3　げんり　4　ばんり

4 カメラの　なかに　ふぃるむが　ありません。

1　フィロム　2　フイロム　3　フィルム　4　フイルム

5 ははの　つくったりょうりは　とても　おいしいです。

1　作った　2　料った　3　煮った　4　使った

6 きょうの　テストは　あまり　むずかしくなかったです。

1　易しく　2　難しく　3　困しく　4　厳しく

7 朝　おきたあと、（　　　　）を　あらいます。

1　かお　2　かし　3　かさ　4　かわ

8　しょくじを　（　　　）ながら、はなしましょう。
1　し　　2　き　　3　み　　4　い

9　テーブルに　（　　　）が　おいて　あります。
1　おとこ　　2　おんな　　3　ろうか　　4　おさら

10　わたしは　がいこくの　うたを　（　　　）ことが　できます。
1　うたう　　2　あらう　　3　つかう　　4　はなす

文法

1　ぎんこうは　あさ　くじ（　　　）です。
1　から　　2　など　　3　しか　　4　だけ

2　かばんの　なかに　かさや　じしょや　めがね（　　　）あります。
1　だけは　　2　だけが　　3　などは　　4　などが

3　わたしは　にほんじん（　　　）　にほんごを　ならいました。
1　が　　2　から　　3　の　　4　で

4　「こんにちは」は　中国語で　なんと　（　　　）か。
1　いいます　　2　いります　　3　いきます　　4　います

5　たまごと　バターで　なにを　（　　　）が　できますか。
1　つくりたい　　2　つくること
3　つくりながら　　4　つくるとき

6 わたしは　（　　　　）　けっこんして　います。

1　まだ　　2　もう　　3　すぐ　　4　あとで

7 きっぷは　まだ　（　　　　）　いません。

1　かう　　2　かって　　3　かった　　4　かわない

8 くすりは　しょくじを　（　　　　）、のんで　ください。

1　きたまえに　　2　きたあとで

3　したまえに　　4　したあとで

9 わたしは　まいあさ　おんがくを　（　　　　）ながら、あるきます。

1　きく　　2　きき　　3　きい　　4　きか

10 あのりゅうがくせいは　三かげつ（　　　　）　きました。

1　まえに　　2　すぐは　　3　ときに　　4　までは

解答

文字・語彙（每題 5 分）

1	2	3	4	5	6	7	8	9	10
1	3	2	3	1	2	1	1	4	1

文法（每題 5 分）

1	2	3	4	5	6	7	8	9	10
1	4	2	1	2	2	2	4	2	1

得分（滿分 100 分）

/100

26
天

中文翻譯＋解說

文字・語彙

1　このビールは　冷(つめ)たくて、おいしいです。

1　つめたくて　2　ひえたくて　3　れいたくて　4　さえたくて

中譯　這啤酒又冰又好喝。

2　私(わたし)は　あの人(ひと)が　嫌(きら)いです。

1　せまい　2　ひくい　**3　きらい**　4　よわい

中譯　我討厭那個人。

解說　本題考常用的「い形容詞」。選項1是「狭(せま)い」（狹窄的）；選項2是「低(ひく)い」（矮的、低的）；選項3是「嫌(きら)い」（討厭）；選項4是「弱(よわ)い」（弱小的）。

3　この辺(へん)は　とても　便利(べんり)です。

1　だんり　**2　べんり**　3　げんり　4　ばんり

中譯　這附近非常方便。

4　カメラの　中(なか)に　ふぃるむが　ありません。

1　フィロム　2　フイロム　**3　フィルム**　4　フイルム

中譯　相機中沒有底片。

5　母(はは)の　作(つく)った料理(りょうり)は　とても　おいしいです。

1　作った　2　料った　3　煮った　4　使った

中譯　媽媽做的菜非常好吃。

解說　本題考「動詞た形」。其餘選項：選項2無此字；選項3正確的日文應該是「煮(に)た」（燉煮了）；選項4是「使(つか)った」（使用了）。

6 今日の　テストは　あまり　難しくなかったです。

1 易しく　　2 難しく　　3 困しく　　4 厳しく

中譯 今天的考試不太難。

7 朝　起きた後、（　顔　）を　洗います。

1 かお　　2 かし　　3 かさ　　4 かわ

中譯 早上起床後，會洗臉。

解說 其餘選項：選項2「歌詞」（歌詞）或「菓子」（零食、點心）；選項3是「傘」（傘）；選項4是「川」（河川）。

8 食事を　（　し　）ながら、話しましょう。

1 し　　2 き　　3 み　　4 い

中譯 邊吃邊說吧！

解說 本題考「動詞」。題目中出現接續助詞「ながら」（一邊～一邊～），其用法為「動詞ます形＋ながら」，所以要看選項中的動詞，是否為「ます形」並去掉「ます」，而且須和題目中的「食事」（吃飯）搭配。

選項1是「します」（做～）；選項2是「来ます」（來）；選項3是「見ます」（看）；選項4無此用法。所以答案為選項1，成為「食事をしながら」（一邊吃飯，一邊～）。

9 テーブルに　（　お皿　）が　置いて　あります。

1 おとこ　　2 おんな　　3 ろうか　　4 おさら

中譯 桌子上放有盤子。

解說 本題考常見的「名詞」。選項1是「男」（男人）；選項2是「女」（女人）；選項3是「廊下」（走廊）；選項4是「お皿」（盤子）。

10 私は　外国の　歌を　（　歌う　）ことが　できます。

1 うたう　　2 あらう　　3 つかう　　4 はなす

中譯 我會唱外國的歌。

解說　本題考常用「動詞」。選項1是「歌う」（唱）；選項2是「洗う」（洗）；選項3是「使う」（使用）；選項4是「話す」（說）。

文法

1　銀行は　朝　九時（　から　）です。

1　から　　2　など　　3　しか　　4　だけ

中譯　銀行從早上九點開始。

解說　本題考「助詞」。選項1是「から」（從～開始）；選項2是「など」（～等等）；選項3是「しか」（只有；後面接續否定）；選項4是「だけ」（只有）。

2　鞄の　中に　傘や　辞書や　眼鏡（　などが　）　あります。

1　だけは　　2　だけが　　3　などは　　4　などが

中譯　包包裡面有雨傘或字典或眼鏡等等。

解說　本題考各種「助詞」形成的句型。首先是句型「地點に＋物品が＋あります」（在～有～）表示「物品存在的地點」。接著是句型「～や～などがあります」（有～或～等等）表示「部分列舉」。所以答案為選項4。

3　私は　日本人（　から　）　日本語を　習いました。

1　が　　2　から　　3　の　　4　で

中譯　我跟日本人學了日文。

解說　本題考「助詞」。助詞「から」的用法很多，句型「對象＋から＋接受動詞」，便是以「から」表示動作、作用獲得的來源、對象。
「接受動詞」有「もらいます」（得到）、「借ります」（借入）、「教わります」（受教）、「習います」（學習）等，請記住。

4 「こんにちは」は 中国語で 何と （ 言います ）か。

1 いいます　2 いります　3 いきます　4 います

中譯 「こんにちは」用中文要怎麼說呢？

解說 本題考助詞「と」的相關句型。「句子＋と＋言います」，便是以「と」來引述話中的內容或導入名詞。

5 卵と バターで 何を （ 作ること ）が できますか。

1 つくりたい　2 つくること

3 つくりながら　4 つくるとき

中譯 用蛋和奶油，可以做什麼呢？

解說 本題考句型「動詞辭書形＋ことができます」（會～、能夠～、可以～）。

6 私は （ もう ） 結婚して います。

1 まだ　2 もう　3 すぐ　4 あとで

中譯 我已經結婚了。

解說 本題考「副詞」以及「～ています」的用法。

選項1是「まだ」（尚未）；選項2是「もう」（已經）；選項3是「すぐ」（立刻）；選項4是「後で」（之後）。

由於考題中出現「～ています」，表示「動作的結果」，也就是「結婚しています」要翻譯成「結婚了」，所以答案只能搭配選項2「もう」（已經）。

7 切符は まだ （ 買って ） いません。

1 かう　2 かって　3 かった　4 かわない

中譯 票還沒有買。

解說 本題考「～ていません」的用法。四個選項全部都是動詞，但只有「て形」可以接續「います / いません」，表示動作、作用的結果所形成狀態之有、無。也就是說，「買っていません」，就是「沒有買」的狀態。

26天

8　薬は　食事を　（　した後で　）、飲んで　ください。

1　きたまえに　2　きたあとで　3　したまえに　4　したあとで

中譯　藥請在飯後服用。

解說　本題考「辭書形＋前に」（在～之前）以及「動詞た形＋後で」（在～之後）這二個句型。

首先「吃飯」是「食事をします」，所以只有選項3和選項4有可能。選項3必須是「する前に」才符合上述句型，故選項4「した後で」為正確答案。

9　私は　毎朝　音楽を　（　聴き　）ながら、歩きます。

1　きく　2　きき　3　きい　4　きか

中譯　我每天早上一邊聽音樂，一邊走路。

解說　本題考接續助詞「ながら」的用法。動詞接續「ながら」時，變化為「動詞~~ます~~形＋ながら」，表示「一邊～一邊～」。所以要將動詞「聴きます」先去掉「ます」，再接續「ながら」，成為「聴きながら」（一邊聽，一邊～）。

10　あの留学生は　三か月（　前に　）　来ました。

1　まえに　2　すぐは　3　ときに　4　までは

中譯　那位留學生三個月前來的。

解說　本題考接尾語「前」（之前）的用法，「前に」就是「在～之前」，答案為選項1。

其餘選項：選項2是「すぐは」，「すぐ」（立刻、馬上）後面加助詞「は」，文法和意思上皆不妥；選項3是「時に」，若前面是名詞，必須有「の」，變成「名詞＋の＋時に」（～的時候）才對。選項4是「までは」，「まで」（到～）後面加助詞「は」，意思不對。所以選項2、3、4皆誤。

考題

文字・語彙

1 しゅくだいの　作文を　だして　ください。
1　ざくぶん　2　さくぶん　3　さくもん　4　ざくもん

2 この道を　まっすぐ　いって　ください。
1　みち　2　はし　3　まち　4　とう

3 このおちゃは　ちょっと　温いです。
1　ぬかい　2　ぬるい　3　ぬくい　4　ぬまい

4 しゃわあを　あびたあとで、ビールを　のみましょう。
1　シィワー　2　シュワー　3　ショワー　4　シャワー

5 わたしの　しつもんに　こたえて　ください。
1　惑問　2　疑問　3　質問　4　題問

6 もっと　ゆっくり　はしりましょう。
1　徒きましょう　2　行きましょう
3　歩きましょう　4　走りましょう

7 A「どうぞ　よろしく」
B「こちら（　　　　）、どうぞ　よろしく」
1　から　　2　こと　　3　まで　　4　こそ

8 鈴木さんは　今、じぶんの　うちへ　つきました。
鈴木「（　　　　）」
1　いただきます　　2　ただいま
3　こんばんは　　4　ごめんください

9 ぎゅうにくは　ナイフと　（　　　　）を　つかって　たべました。
1　ニュース　　2　シャワー　　3　フォーク　　4　コート

10 ねるまえに、でんきを　（　　　　）　ください。
1　けして　　2　だして　　3　さして　　4　おして

文法

1 へやが　（　　　　）　なりました。
1　あかるい　　2　あかるく　　3　あかるくて　4　あかるいに

2 けっこん（　　　　）、こどもが　三にん　ほしいです。
1　しながら　　2　することが
3　したあとで　　4　したいから

3 いもうとは　りょうりが　（　　　　）。
1　だします　　2　ぬぎます　　3　ひきます　　4　できます

4 スポーツを　してから、シャワーを　（　　　）。

1　あらいます　　2　あります

3　あけます　　4　あびます

5 りょこうする（　　　）、かばんを　かいたいです。

1　まえに　　2　あとで

3　ときで　　4　ほうが

6 えいごの　せんせいは　（　　　）　きれいです。

1　しんせつ　　2　しんせつな

3　しんせつで　　4　しんせつくて

7 アメリカへ　（　　　）ことが　ありますか。

1　いって　　2　いった　　3　いくと　　4　いったの

8 すみません、トイレは　（　　　）ですか。

1　どれ　　2　どんな　　3　どなた　　4　どこ

9 わたしの　いえから　かいしゃまで　二じかん（　　　）
かかります。

1　ぐらい　　2　いつも　　3　ほうが　　4　たぶん

10 きのう　ははと　でんわで　（　　　）。

1　おしました　　2　わたしました

3　かけました　　4　はなしました

解答

文字・語彙（每題 5 分）

1	2	3	4	5	6	7	8	9	10
2	1	2	4	3	4	4	2	3	1

文法（每題 5 分）

1	2	3	4	5	6	7	8	9	10
2	3	4	4	1	3	2	4	1	4

得分（滿分 100 分）

/100

中文翻譯＋解說

文字・語彙

1　宿題(しゅくだい)の　作文(さくぶん)を　出(だ)して　ください。

1　ざくぶん　　2　さくぶん　　3　さくもん　　4　ざくもん

中譯　請交作文作業。

2　この道(みち)を　まっすぐ　行(い)って　ください。

1　みち　　2　はし　　3　まち　　4　とう

中譯　請直走這條路。

解說　其餘選項：選項2是「橋(はし)」（橋）或「箸(はし)」（筷子）；選項3是「町(まち)」（城鎮、街道）；選項4是音讀，可以是「塔(とう)」（塔）或「党(とう)」（黨）等意思。

3　このお茶(ちゃ)は　ちょっと　温(ぬる)いです。

1　ぬかい　　2　ぬるい　　3　ぬくい　　4　ぬまい

中譯　這茶有點涼了。

4　シャワーを　浴(あ)びた後(あと)で、ビールを　飲(の)みましょう。

1　シィワー　　2　シュワー　　3　ショワー　　4　シャワー

中譯　淋浴後，喝啤酒吧！

5　私(わたし)の　質問(しつもん)に　答(こた)えて　ください。

1　惑問　　2　疑問　　3　質問　　4　題問

中譯　請回答我的問題。

27天

6 もっと　ゆっくり　走り(はし)ましょう。

1　徒きましょう　　2　行きましょう

3　歩きましょう　　**4　走りましょう**

中譯　再跑慢一些吧！

解說　本題考「行走」有關的「動詞」。選項1無此字；選項2是「行(い)きましょう」（去吧！）；選項3是「歩(ある)きましょう」（走路吧！）；選項4是「走(はし)りましょう」（跑吧！），均為重要單字，請記住發音和中文意思。

7 A「どうぞ　よろしく」

B「こちら（　こそ　）、どうぞ　よろしく」

1　から　　2　こと　　3　まで　　**4　こそ**

中譯　A「請多多指教。」

B「我才是（彼此彼此），請多多指教。」

解說　本題考「招呼語」。「こちらこそ」（我這邊才是～）是固定用法，請記住。

8 鈴木(すずき)さんは　今(いま)、自分(じぶん)の　家(うち)へ　着(つ)きました。

鈴木(すずき)「（　ただいま　）」

1　いただきます　　**2　ただいま**

3　こんばんは　　4　ごめんください

中譯　鈴木先生現在，抵達了自己的家。

鈴木「我回來囉。」

解說　本題考「招呼語」。選項1是「いただきます」（開動了）；選項2是「ただいま」（我回來了）；選項3是「こんばんは」（晚上好）；選項4是「ごめんください」（有人在嗎）。

9　牛肉(ぎゅうにく)は　ナイフと　（　フォーク　）を　使(つか)って　食(た)べました。

1　ニュース　　2　シャワー　　3　フォーク　　4　コート

中譯　牛肉用刀子和叉子吃了。

解說　本題考「外來語」。選項1是「ニュース」（消息、新聞）；選項2是「シャワー」（淋浴）；選項3是「フォーク」（叉子）；選項4是「コート」（外套、〔網球、籃球等〕球場）。

10　寝(ね)る前(まえ)に、電気(でんき)を　（　消(け)して　）　ください。

1　けして　　2　だして　　3　さして　　4　おして

中譯　睡覺前，請關燈。

解說　本題考「動詞て形」。選項1是「消(け)して」（關〔燈〕、消除）；選項2是「出(だ)して」（拿出、交出）；選項3是「指(さ)して」（指）；選項4是「押(お)して」（按）。

文法

1　部屋(へや)が　（　明(あか)るく　）　なりました。

1　あかるい　　2　あかるく　　3　あかるくて　　4　あかるいに

中譯　房間變亮了。

解說　本題考「い形容詞」接續「動詞」的方法。「明(あか)るい」（明亮的）是い形容詞，「なりました」（變得～了）是動詞。い形容詞要修飾動詞時，必須變化成副詞。變化成副詞的方式為「い形容詞去い＋く」，也就是「明(あか)るく」，故答案為選項2。

2　結婚(けっこん)（　した後(あと)で　）、子供(こども)が　三人(さんにん)　ほしいです。

1　しながら　　2　することが　　3　したあとで　　4　したいから

中譯　結婚後，想要有三個小孩。

解說　本題考「動詞た形＋後(あと)で」這個句型，意思是「在～之後」。所以答案必須是「動詞た形」，也就是選項3「した後(あと)で」（做了之後）。

3 妹(いもうと)は　料理(りょうり)が　（　できます　）。

1　だします　　2　ぬぎます　　3　ひきます　　**4　できます**

中譯　妹妹會做菜。

解說　本題考「名詞＋が＋能力動詞」（會～、能～）句型，用來表示「能力」。選項1是「出(だ)します」（拿出、交出）；選項2是「脱(ぬ)ぎます」（脫）；選項3是「弾(ひ)きます」（彈、拉）；選項4是「できます」（會）。只有「できます」是「能力動詞」，所以答案為選項4。

4 スポーツを　してから、シャワーを　（　浴(あ)びます　）。

1　あらいます　2　あります　　3　あけます　　**4　あびます**

中譯　做完運動後，要淋浴。

解說　日文的「洗澡」並非用「洗(あら)います」（洗）這個動詞，而是固定用「シャワーを浴(あ)びます」（淋浴）或「お風呂(ふろ)に入(はい)ります」（洗澡、泡澡）。

5 旅行(りょこう)する（　前(まえ)に　）、鞄(かばん)を　買(か)いたいです。

1　まえに　　2　あとで　　3　ときで　　4　ほうが

中譯　旅行之前，想買包包。

解說　本題考各種句型。題目中的動詞「旅行(りょこう)する」（旅行）為「辭書形」，以此為依據，進行判斷。

選項1符合句型「辭書形＋前(まえ)に」（在～之前），正確；選項2未符合句型「動詞た形＋後(あと)で」（在～之後），錯誤；選項3正確句型應為「辭書形＋時(とき)に」（～的時候）；選項4「ほうが」（～比較～）是用來「比較」的句型，文法不對、意思也不相干。

6 英語(えいご)の　先生(せんせい)は　（　親切(しんせつ)で　）　綺麗(きれい)です。

1　しんせつ　　2　しんせつな　**3　しんせつで**　4　しんせつくて

中譯　英文老師既親切又漂亮。

解說　本題考「形容詞的中止形」。當一個句子裡有二個形容詞時，前面的那個形容詞必須變化成中止形，也就是以「～で」或是「～て」作為接續方式。「親切(しんせつ)」（親切）是「な形容詞」，「な形容詞的中止形」是「語幹＋で」，所以答案為選項3。

7 アメリカへ　（　行った　）ことが　ありますか。

1　いって　　2　いった　　3　いくと　　4　いったの

中譯 曾經去過美國嗎？

解說 本題考句型「動詞た形＋ことがあります」（曾經～過），所以要選擇「た形」的選項2「行った」（去了）。

8 すみません、トイレは　（　どこ　）ですか。

1　どれ　　2　どんな　　3　どなた　　4　どこ

中譯 不好意思，廁所在哪裡呢？

解說 本題考「疑問詞」。選項1是「どれ」（哪一個）；選項2是「どんな」（什麼樣的）；選項3是「どなた」（哪一位）；選項4是「どこ」（哪裡）。

9 私の　家から　会社まで　二時間（　ぐらい　）　かかります。

1　ぐらい　　2　いつも　　3　ほうが　　4　たぶん

中譯 從我家到公司要花二個小時左右。

解說 本題考常用的「副詞、副助詞」。選項1是「ぐらい」（～左右）；選項2是「いつも」（總是）；選項3是「ほうが」（～比較～）；選項4是「多分」（應該是、恐怕是）。

10 昨日　母と　電話で　（　話しました　）。

1　おしました　　2　わたしました

3　かけました　　4　はなしました

中譯 昨天和媽媽用電話講了話。

解說 本題考「動詞」。選項1是「押しました」（按了）；選項2是「渡しました」（交出～了）；選項3是「かけました」（打〔電話〕了）；選項4是「話しました」（說了）。

27天

28 天

考題

文字・語彙

1 あのひとは　荷物を　たくさん　もって　います。

1　にもつ　　2　かもつ　　3　にぶつ　　4　かぶつ

2 ははは　りょうりが　とても　上手です。

1　うえず　　2　うえて　　3　じょうず　　4　じょうて

3 きのうは　かぜが　とても　強かったです。

1　つらかった　　2　つゆかった

3　つやかった　　4　つよかった

4 ろうかを　はしらないで　ください。

1　廊下　　2　走廊　　3　廊歩　　4　歩下

5 きっさてんで　コーヒーを　のみませんか。

1　飲食店　　2　珈琲店　　3　喫飲店　　4　喫茶店

6 らいねんか　さらいねん　けっこんしたいです。

1　後再年　　2　明再年　　3　再来年　　4　更来年

7 あたらしい　いえは　えきから　（　　　　）、べんりです。

1　はやくて　　2　とおくて　　3　ちかくて　　4　やすくて

8 ゆうびんきょくは　このみちを　（　　　　）　いって　ください。

1　まっすぐ　2　いったい　3　ちょうど　4　けっこう

9 （　　　　）　パーティーに　いきませんか。

1　どのぐらい　2　なんじ

3　どうして　4　いくら

10 しょくどうに　ひとが　（　　　　）　ならんで　います。

1　たくさん　2　はじめに　3　ゆっくり　4　もちろん

文法

1 みんな（　　　　）　えいがを　見に　いきましょう。

1　が　2　で　3　を　4　の

2 でんしゃの　じこで　（　　　　）。

1　かかりました　2　かしました

3　いきました　4　おくれました

3 作文は　えんぴつ（　　　　）　ボールペンで　かいて　ください。

1　が　2　も　3　か　4　を

4 中国語は　わかりますが、えいご（　　　　）　わかりません。

1　は　2　を　3　も　4　で

28天

5　桜の　花は　（　　　　）、かわいいです。

1　ちいさい　　2　ちいさく

3　ちいさいて　　4　ちいさくて

6　でんきが　ついて　（　　　　）、けして　ください。

1　ありますから　　2　ありまして

3　いますから　　4　いまして

7　にちようびに　えいがを　みに　（　　　　）か。

1　いけません　　2　いくません

3　いかません　　4　いきません

8　しゅくだいは　（　　　　）　おわりません。

1　ほか　　2　まだ　　3　もう　　4　あと

9　きのうは　あめが　ふったから、（　　　　）　いきませんでした。

1　どこ　　2　どこに　　3　どこへも　　4　どこども

10　きょうの　テストは　あまり　（　　　　）なかったです。

1　むずかし　　2　むずかしい

3　むずかしく　　4　むずかしくて

解答

文字・語彙（每題 5 分）

1	2	3	4	5	6	7	8	9	10
1	3	4	1	4	3	3	1	3	1

文法（每題 5 分）

1	2	3	4	5	6	7	8	9	10
2	4	3	1	4	3	4	2	3	3

得分（滿分 100 分）

/100

中文翻譯＋解說

文字・語彙

1　あの人は　荷物を　たくさん　持って　います。

1　にもつ　　2　かもつ　　3　にぶつ　　4　かぶつ

中譯　那個人拿著很多行李。

2　母は　料理が　とても　上手です。

1　うえず　　2　うえて　　3　じょうず　　4　じょうて

中譯　媽媽做菜非常拿手。

3　昨日は　風が　とても　強かったです。

1　つらかった　　2　つゆかった　　3　つやかった　　4　つよかった

中譯　昨天風非常強。

4　廊下を　走らないで　ください。

1　廊下　　2　走廊　　3　廊歩　　4　歩下

中譯　請不要在走廊上奔跑。

5　喫茶店で　コーヒーを　飲みませんか。

1　飲食店　　2　珈琲店　　3　喫飲店　　4　喫茶店

中譯　要不要在咖啡廳喝杯咖啡呢？

6　来年か　再来年　結婚したいです。

1　後再年　　2　明再年　　3　再来年　　4　更来年

中譯　想明年或是後年結婚。

7 新しい　家は　駅から　（　近くて　）、便利です。

1　はやくて　　2　とおくて　　3　ちかくて　　4　やすくて

中譯　新家離車站很近，很方便。

解說　本題考「一個句子中有二個形容詞」的用法，中文可翻譯成「既～又～」、「很～、很～」。選項1是「速くて」（快）；選項2是「遠くて」（遠）；選項3是「近くて」（近）；選項4是「安くて」（便宜），其中只有選項3可以和考題的「便利」（方便）搭配。

8 郵便局は　この道を　（　まっすぐ　）　行って　ください。

1　まっすぐ　　2　いったい　　3　ちょうど　　4　けっこう

中譯　郵局請這條路直走。

解說　本題考「副詞」。選項1是「まっすぐ」（筆直地）；選項2是「一体」（究竟）；選項3是「ちょうど」（剛好）；選項4是「けっこう」（相當地）。

9 （　どうして　）　パーティーに　行きませんか。

1　どのぐらい　2　なんじ　　3　どうして　　4　いくら

中譯　為什麼不去派對呢？

解說　本題考「疑問詞」。選項1是「どのぐらい」（大約多少）；選項2是「何時」（幾點）；選項3是「どうして」（為什麼）；選項4是「いくら」（多少、多少錢）。

10 食堂に　人が　（　たくさん　）　並んで　います。

1　たくさん　　2　はじめに　　3　ゆっくり　　4　もちろん

中譯　食堂有很多人排著隊。

解說　本題考「副詞」。選項1是副詞「たくさん」（很多）；選項2是名詞「始め」＋助詞「に」形成的「始めに」（最初、一開始）；選項3是副詞「ゆっくり」（慢慢地）；選項4是副詞「もちろん」（當然、不用說）。

文法

1 みんな（ で ） 映画（えいが）を 見（み）に 行（い）きましょう。

1 が　2 で　3 を　4 の

中譯 大家一起去看電影吧！

解說 本題考「助詞」。助詞「で」的用法很多，本題表示「動作、作用進行的狀態」，也就是「大家一起做某動作的狀態」。

2 電車（でんしゃ）の 事故（じこ）で （ 遅（おく）れました ）。

1 かかりました　2 かしました

3 いきました　4 おくれました

中譯 因電車事故遲到了。

解說 本題考「動詞的過去式」。選項1是動詞「かかりました」（花費了）；選項2是「貸（か）しました」（借出去了）；選項3是「行（い）きました」（去了）；選項4是「遅（おく）れました」（遲到了）。

3 作文（さくぶん）は 鉛筆（えんぴつ）（ か ） ボールペンで 書（か）いて ください。

1 が　2 も　3 か　4 を

中譯 作文請用鉛筆或是原子筆書寫。

解說 本題考「助詞」。助詞「か」的用法很多，本題表示「二擇一」，中文可翻譯成「～或～」。

4 中国語（ちゅうごくご）は 分（わ）かりますが、英語（えいご）（ は ） 分（わ）かりません。

1 は　2 を　3 も　4 で

中譯 中文我懂，但是英文不懂。

解說 本題考助詞「は」的相關句型。由於題目中有「中国語（ちゅうごくご）」（中文）和「英語（えいご）」（英文）這二個主題，所以得知本句是以「名詞＋は～、名詞＋は～」句型呈現，句中的二個「は」用來引導，說明二個主題是「對比」。

5 桜の 花は （ 小さくて ）、可愛いです。

1 ちいさい　2 ちいさく　3 ちいさいて　4 ちいさくて

中譯 櫻花很小很可愛。

解說 本題考「形容詞的中止形」。當一個句子裡有二個形容詞時，前面的那個形容詞必須變化成中止形，也就是以「～で」或是「～て」作為接續方式。「小さい」（小的）是「い形容詞」，「い形容詞的中止形」是「い形容詞去い＋くて」，所以是「小さ~~い~~＋くて」，答案為選項4「小さくて」。

6 電気が ついて （ いますから ）、消して ください。

1 ありますから　2 ありまして

3 いますから　4 いまして

中譯 因為燈開著，所以請關掉。

解說 本題考助詞「から」和補助動詞「ています / てあります」的用法。
首先，題意表示因為某種原因，所以「消してください」（請關起來），因此答案要選擇選項1或3的「～から」（因為～）。
再者，「ついています」表示「正開著的狀態」；「つけてあります」表示「有人預先開好著的狀態」，所以答案為選項3。

7 日曜日に 映画を 見に （ 行きません ）か。

1 いけません　2 いくません　3 いかません　4 いきません

中譯 星期天要不要去看電影呢？

解說 本題考句型「動詞~~ます~~＋ませんか」（要不要～呢），用來表示「邀約」，所以要將動詞「行きます」（去）變化成「行き~~ます~~＋ません」。

8 宿題は （ まだ ） 終わりません。

1 ほか　2 まだ　3 もう　4 あと

中譯 功課還沒有寫完。

解說 本題考副詞「まだ」的相關句型。「まだ～ない」（尚未～）用來表示「預定的事情尚未進行或完成」。

9 昨日(きのう)は 雨(あめ)が 降(ふ)ったから、（ どこへも ） 行(い)きませんでした。

1 どこ　2 どこに　3 どこへも　4 どことも

中譯 昨天下雨了，所以哪裡都沒有去。

解說 本題考「助詞も」的相關句型。句型「疑問詞＋も＋否定句」（～都沒～）表示「全面的否定」。

所以答案是由「どこ」（哪裡；疑問詞）＋「へ」（助詞；去）＋「も」（助詞；也）組合而成的「どこへも～ない」（哪裡也沒～）。

10 今日(きょう)の テストは あまり （ 難(むずか)しく ）なかったです。

1 むずかし　2 むずかしい　3 むずかしく　4 むずかしくて

中譯 今天的考試不太難。

解說 本題考「い形容詞的過去否定」。

「い形容詞」變化成「否定」時，要「去い＋く」才能接續「ない」，也就是「難(むずか)しい→難(むずか)しくない」。而「否定」要變化成「過去式」時，則是「難(むずか)しくない→難(むずか)しくなかった」。整理如下：

	現在	過去
肯定	難(むずか)しい（困難的）	難(むずか)しかった（過去是困難的）
否定	難(むずか)しくない（不困難的）	難(むずか)しくなかった（過去是不困難的）

29 天

考題

文字・語彙

1 がいこくの　言葉を　べんきょうします。

1　ことは　　2　ことば　　3　いうは　　4　いうば

2 みぎの　ボタンを　押して　ください。

1　かして　　2　おして　　3　たして　　4　なして

3 わたしの　いえは　えきから　ちょっと　遠いです。

1　ふとい　　2　ひろい　　3　とおい　　4　ちかい

4 やおやで　やさいを　たくさん　買いました。

1　野物　　2　野菜　　3　果物　　4　水菜

5 えれべえたあに　のって　うえへ　いきます。

1　エレベーター　　2　エケベエタア

3　エケベーター　　4　エレベエタア

6 せんたくが　終わったら、でかけます。

1　掃除　　2　掃板　　3　洗服　　4　洗濯

7 ちちは　おさけを　（　　　　）ながら、テレビを　みて　います。

1　たべ　　2　すい　　3　あび　　4　のみ

8 にわに　はなが　（　　　　）　さいて　います。

1　きれい　　2　きれいな　　3　きれいで　　4　きれいに

9 ことしの　ふゆは　あまり　（　　　　）です。

1　さむいなかった　　2　さむくてなかった

3　さむくなかった　　4　さむいではなかった

10 むすこは　らいねん　だいがくせいに　（　　　　）。

1　なります　　2　はじまります

3　はいります　　4　のります

文法

1 てを　（　　　　）から、ごはんを　たべて　ください。

1　あらう　　2　あらいて　　3　あらって　　4　あらった

2 （　　　　）　くだものが　すきですか。

1　どれが　　2　どんな　　3　どちら　　4　どこで

3 パーティーは　ぜんぜん　（　　　　）なかったです。

1　おもしろい　　2　おもしろく

3　おもしろくて　　4　おもしろいく

4 ここで　おさけを　（　　　　）　ください。

1　のむのは　　2　のんで

3　のまないで　　4　のみながら

5 こうえんに　花が　きれい（　　　　）　さいて　います。

1　に　　2　で　　3　な　　4　だ

6 きのうは　（　　　　）　かいしゃを　やすみましたか。

1　どんな　　2　いくら　　3　いくつ　　4　どうして

7 木村さんの　おくさんは　とても　（　　　　）です。

1　やさしかった　　2　やさしいかった

3　やさしくて　　4　やさしいだった

8 あなたの　うわぎは　（　　　　）ですか。

1　どの　　2　どうして　　3　どれ　　4　どのぐらい

9 きのうから　かぜで、（　　　　）　たべて　いません。

1　なにを　　2　なにも　　3　なにか　　4　なにで

10 （　　　　）　あたたかく　なります。

1　いろいろ　　2　だんだん　　3　おおぜい　　4　いったい

29天

解答

文字・語彙（每題 5 分）

1	2	3	4	5	6	7	8	9	10
2	2	3	2	1	4	4	4	3	1

文法（每題 5 分）

1	2	3	4	5	6	7	8	9	10
3	2	2	3	1	4	1	3	2	2

得分（滿分 100 分）

/100

中文翻譯＋解說

文字・語彙

1　外国(がいこく)の　言葉(ことば)を　勉強(べんきょう)します。

1　ことは　　**2　ことば**　　3　いうは　　4　いうば

中譯　我學外國的語言。

2　右(みぎ)の　ボタンを　押(お)して　ください。

1　かして　　**2　おして**　　3　たして　　4　なして

中譯　請按右邊的按鈕。

3　私(わたし)の　家(いえ)は　駅(えき)から　ちょっと　遠(とお)いです。

1　ふとい　　2　ひろい　　**3　とおい**　　4　ちかい

中譯　我家離車站有點遠。

解說　本題考常見的「い形容詞」。其餘選項：選項1是「太(ふと)い」（粗的、肥胖的）；選項2是「広(ひろ)い」（寬廣的）；選項4是「近(ちか)い」（近的）。

4　八百屋(やおや)で　野菜(やさい)を　たくさん　買(か)いました。

1　野物　　**2　野菜**　　3　果物　　4　水菜

中譯　在蔬果店買了很多蔬菜。

解說　其餘選項：選項1無此字；選項3是「果物(くだもの)」（水果）；選項4是「水菜(みずな)」（京菜）。

5　えれべえたあに　乗(の)って　上(うえ)へ　行(い)きます。

1　エレベーター　　2　エケベエタア

3　エケベーター　　4　エレベエタア

中譯　搭乘電梯往上。

6　<u>洗濯（せんたく）</u>が　終（お）わったら、でかけます。

1　掃除　　2　掃板　　3　洗服　　**4　洗濯**

中譯　洗完衣服後要出門。

7　父（ちち）は　お酒（さけ）を　（　飲（の）み　）ながら、テレビを　見（み）て　います。

1　たべ　　2　すい　　3　あび　　**4　のみ**

中譯　父親一邊喝酒，一邊看著電視。

解說　本題考「常用的動詞」。選項1是「食（た）べ〔ながら〕」（一邊吃）；選項2是「吸（す）い〔ながら〕」（一邊吸）；選項3是「浴（あ）び〔ながら〕」（一邊淋、一邊曬）；選項4是「飲（の）み〔ながら〕」（一邊喝）。

8　庭（にわ）に　花（はな）が　（　綺麗（きれい）に　）　咲（さ）いて　います。

1　きれい　　2　きれいな　　3　きれいで　　**4　きれいに**

中譯　庭園裡花漂亮地開著。

解說　本題考「な形容詞接續動詞」的方法。「綺麗（きれい）」（漂亮、乾淨）是な形容詞，「咲（さ）いています」（正開著）是動詞。な形容詞要修飾動詞時，必須變化成副詞。變化成副詞的方式為「語幹＋に」，也就是「綺麗（きれい）に」，故答案為選項4。

9　今年（ことし）の　冬（ふゆ）は　あまり　（　寒（さむ）くなかった　）です。

1　さむいなかった　　2　さむくてなかった

3　さむくなかった　　4　さむいではなかった

中譯　今年的冬天不太冷。

解說　本題考「い形容詞的過去否定」。「寒（さむ）い」（寒冷的）為「い形容詞」，其變化整理如下：

	現在	過去
肯定	寒（さむ）い（寒冷的）	寒（さむ）かった（過去是寒冷的）
否定	寒（さむ）くない（不寒冷的）	寒（さむ）くなかった（過去是不寒冷的）

10 息子（むすこ）は 来年（らいねん） 大学生（だいがくせい）に （ なります ）。

1 なります　　2 はじまります

3 はいります　　4 のります

中譯 兒子明年成為大學生。

解說 本題考助詞「に」的相關句型。句型「名詞＋に＋なります」（變成～）當中，「に」用來表示「變化的結果」。其餘選項：選項2是「始（はじ）まります」（開始）；選項3是「入（はい）ります」（進入）；選項4是「乗（の）ります」（搭乘）。

文法

1 手（て）を （ 洗（あら）って ）から、ご飯（はん）を 食（た）べて ください。

1 あらう　　2 あらいて　　3 あらって　　4 あらった

中譯 請洗手後再吃飯。

解說 本題考「動詞て形＋から、～」（～之後，然後～）的句型，表示「動作的先後順序」，所以要將動詞「洗（あら）います」（洗）變化成「て形」，也就是選項3「洗（あら）って」。

2 （ どんな ） 果物（くだもの）が 好（す）きですか。

1 どれが　　2 どんな　　3 どちら　　4 どこで

中譯 喜歡什麼樣的水果呢？

解說 本題考「疑問詞」。題目中的「果物（くだもの）」（水果）是名詞，所以前面只能是連體詞「どんな」（什麼樣的）。

3 パーティーは 全然（ぜんぜん） （ 面白（おもしろ）く ）なかったです。

1 おもしろい　　2 おもしろく

3 おもしろくて　　4 おもしろいく

中譯 派對一點都不有趣。

29天

解說　本題考「い形容詞的過去否定」。「面白（おもしろ）い」（有趣的）為「い形容詞」，其變化整理如下：

	現在	過去
肯定	面白（おもしろ）い（有趣的）	面白（おもしろ）かった（過去是有趣的）
否定	面白（おもしろ）くない （不有趣的）	面白（おもしろ）くなかった （過去是不有趣的）

4　ここで　お酒（さけ）を　（　飲（の）まないで　）　ください。

1　のむのは　　2　のんで　　3　のまないで　　4　のみながら

中譯　這裡請不要喝酒。

解說　本題考「動詞ない形」的相關句型。「動詞ない形＋で＋ください」的中文意思是「請不要～」。動詞「飲（の）みます」（喝）的「ない形」是「飲（の）まない」，之後再加上「で」就是答案，所以答案為選項3。

5　公園（こうえん）に　花（はな）が　綺麗（きれい）（　に　）　咲（さ）いて　います。

1　に　　2　で　　3　な　　4　だ

中譯　公園裡花漂亮地開著。

解說　本題考「な形容詞接續動詞」的方法。「綺麗（きれい）」（漂亮、乾淨）是な形容詞，「咲（さ）いています」（正開著）是動詞。な形容詞要修飾動詞時，必須變化成副詞。變化成副詞的方式為「語幹＋に」，也就是「綺麗（きれい）に」，故答案為選項1。

6　昨日（きのう）は　（　どうして　）　会社（かいしゃ）を　休（やす）みましたか。

1　どんな　　2　いくら　　3　いくつ　　4　どうして

中譯　昨天為什麼跟公司請假呢？

解說　本題考「疑問詞」。選項1是「どんな」（什麼樣的）；選項2是「いくら」（多少錢）；選項3是「いくつ」（幾個、幾歲）；選項4是「どうして」（為什麼）。

7　木村(きむら)さんの　奥(おく)さんは　とても　（　優(やさ)しかった　）です。

1　やさしかった　　2　やさしいかった

3　やさしくて　　4　やさしいだった

中譯　木村先生的太太（過去）非常溫柔。

解說　本題考「い形容詞的過去式」。「優(やさ)しい」（溫柔的）為「い形容詞」，其變化整理如下：

	現在	過去
肯定	優(やさ)しい（溫柔的）	優(やさ)しかった（過去是溫柔的）
否定	優(やさ)しくない（不溫柔的）	優(やさ)しくなかった（過去是不溫柔的）

8　あなたの　上着(うわぎ)は　（　どれ　）ですか。

1　どの　　2　どうして　　3　どれ　　4　どのぐらい

中譯　你的上衣是哪一件呢？

解說　本題考「疑問詞」。選項1是「どの」（哪個的）；選項2是「どうして」（為什麼）；選項3是「どれ」（哪一個）；選項4是「どのぐらい」（大約多少）。

9　昨日(きのう)から　風邪(かぜ)で、（　何(なに)も　）　食(た)べて　いません。

1　なにを　　2　なにも　　3　なにか　　4　なにで

中譯　從昨天開始，因為感冒，什麼都沒吃。

解說　本題考助詞「も」的相關句型。「疑問詞＋も＋否定句」為「完全否定」，意思為「～都沒有」或是「～都不」，所以答案為選項2。

10　（　だんだん　）　暖(あたた)かく　なります。

1　いろいろ　　2　だんだん　　3　おおぜい　　4　いったい

中譯　漸漸變得暖和。

解說　本題考「副詞」。選項1是な形容詞「いろいろ」（各式各樣）；選項2是副詞「だんだん」（漸漸地）；選項3是名詞「大勢(おおぜい)」（〔人數〕眾多）；選項4是副詞「一体(いったい)」（究竟、到底）。

30 天

考題

讀解

もんだい 1

つぎの　ぶんを　読んで　しつもんに　こたえて　ください。こたえは 1・2・3・4 から　いちばん　いい　ものを　一つ　えらんで　ください。

わたしは　ことしの　しがつから　とうきょうの　かいしゃで　はたらきます。さんがつから　このアパートに　すんで　います。えきから　とても　とおいです。へやも　ふるくて　きたないです。いまは　お金が　ないですから、たくさん　はたらいて、お金が　ほしいです。

問 1　「わたし」は　いつから　とうきょうの　アパートに　すんで　いますか。

1　さんがつから　すんで　います。

2　しがつから　すんで　います。

3　しちがつから　すんで　います。

4　にがつから　すんで　います。

問２　「わたし」の　へやは　どうですか。

1　とおくて、きたないです。

2　きたなくて、ふるいです。

3　ふるくて、なにも　ないです。

4　ふるいですが、きれいです。

もんだい２

つぎの　ぶんを　読んで　しつもんに　こたえて　ください。こたえは　1・2・3・4から　いちばん　いい　ものを　一つ　えらんで　ください。

6/14 ～ 20

期間限定激安セール！

安くておいしいよ！

スーパーやまぐち

あさ９：30～よる８：00
電話 0291 34 5656

6月14日（日）～16日（火）

❀ しお　58円
❀ ぎゅうにゅう　198円
❀ 甘いパン　ぜんぶ50円

6月17日（水）～20日（土）

❀ とうふ　88円
❀ 100%オレンジジュース　230円
❀ しょうゆ　189円

セール期間中安いもの

月、火よう日	やさい、さかな、さけ
水、金よう日	とりにく、くだもの、たまご
木、土よう日	さとう、しょうゆ
日よう日	おかし

問 1　わたしは　スーパーやまぐちで　しょうゆと　たまごと　とりにくを　買いたいです。家から　スーパーまでは　遠いから　同じ　日に　買いたいです。いつが　安いですか。

1　6 月 14 日と　18 日

2　6 月 15 日と　20 日

3　6 月 16 日と　17 日

4　6 月 17 日と　19 日

問 2　「わたし」は　買ったもので　何を　作りますか。

1　カレー

2　親子丼

3　こうちゃ

4　スカート

聽解

もんだい 1 MP3-36

もんだい 1 では　はじめに　しつもんを　きいて　ください。それから　はなしを　きいて、もんだいようしの　1 から　4 の　なかから、いちばん　いい　ものを　ひとつ　えらんで　ください。

1　まども　ドアも　あいて　います。

2　まども　ドアも　しまって　います。

3　まどは　あいて　いますが、ドアは　しまって　います。

4　まどは　しまって　いますが、ドアは　あいて　います。

もんだい２

もんだい２では　はじめに　しつもんを　きいて　ください。そして　1から　3の　なかから、いちばん　いい　ものを　ひとつ　えらんで　ください。

1 ばん　MP3-37　① ② ③

2 ばん　MP3-38　① ② ③

3 ばん　MP3-39　① ② ③

もんだい３

もんだい３では　ぶんを　きいて、1から　3の　なかから、いちばん　いい　ものを　ひとつ　えらんで　ください。

1 ばん　MP3-40　① ② ③

2 ばん　MP3-41　① ② ③

3 ばん　MP3-42　① ② ③

解答

讀解

問題 1（每題 9 分）

1	2
1	2

問題 2（每題 9 分）

1	2
4	2

聽解

問題 1（每題 10 分）

4

問題 2（每題 9 分）

1	2	3
2	1	3

問題 3（每題 9 分）

1	2	3
1	1	3

得分（滿分 100 分）

/100

中文翻譯＋解說

讀解

問題 1

次の　文を　読んで　質問に　答えて　ください。答えは　1・2・3・4　から　一番　いい　ものを　一つ　選んで　ください。

私は　今年の　四月から　東京の　会社で　働きます。三月から　このアパートに　住んで　います。駅から　とても　遠いです。部屋も　古くて　汚いです。今は　お金が　ないですから、たくさん　働いて、お金が　ほしいです。

問 1　「私」は　いつから　東京の　アパートに　住んで　いますか。

1　三月から　住んで　います。
2　四月から　住んで　います。
3　七月から　住んで　います。
4　二月から　住んで　います。

問 2　「私」の　部屋は　どうですか。

1　遠くて、汚いです。
2　汚くて、古いです。
3　古くて、何も　ないです。
4　古いですが、綺麗です。

中譯

我今年四月開始在東京的公司工作。從三月開始住在這個公寓。離車站非常遠。房間也是又舊又髒。因為現在沒有錢，所以要認真工作賺錢。

問1　「我」從什麼時候開始住在東京的公寓呢？

1　從三月開始住。

2　從四月開始住。

3　從七月開始住。

4　從二月開始住。

問2　「我」的房間如何呢？

1　又遠又髒。

2　又髒又舊。

3　很舊，什麼都沒有。

4　雖然很舊，但是很乾淨。

解說

- 四月（しがつ）から：從四月開始。此時的「から」表示動作、作用或是狀態的時間起點。
- 駅（えき）から：距離車站。此時的「から」表示動作、作用的地方起點。
- お金（かね）がないですから：因為沒有錢。此時的「から」表示原因、理由。
- 常考「月份」整理如下：

一月（いちがつ）	二月（にがつ）	三月（さんがつ）	四月（しがつ）	五月（ごがつ）
六月（ろくがつ）	七月（しちがつ）	八月（はちがつ）	九月（くがつ）	十月（じゅうがつ）
十一月（じゅういちがつ）	十二月（じゅうにがつ）	何月（なんがつ）	いつ	

問題 2

次の　文を　読んで　質問に　答えて　ください。答えは　1・2・3・4から　一番　いい　ものを　一つ　選んで　ください。

6/14 ～ 20

期間限定激安セール！

安くておいしいよ！

スーパー山口

朝 9：30 ～夜 8：00
電話 0291-34-5656

６月１４日（日）～１６日（火）

❀ 塩	５８円
❀ 牛乳	１９８円
❀ 甘いパン	全部５０円

６月１７日（水）～20 日（土）

❀ 豆腐	８８円
❀ 100% オレンジジュース	２３０円
❀ 醤油	１８９円

セール期間中安いもの

月、火曜日	野菜、魚、酒
水、金曜日	鶏肉、果物、卵
木、土曜日	砂糖、醤油
日曜日	お菓子

問1　私は　スーパー山口で　醤油と　卵と　鶏肉を　買いたいです。家から　スーパーまでは　遠いから　同じ　日に　買いたいです。いつが　安いですか。

1　6月14日と　18日
2　6月15日と　20日
3　6月16日と　17日
4　6月17日と　19日

問2　「私」は　買ったもので　何を　作りますか。

1　カレー　2　親子丼　3　紅茶　4　スカート

中譯

6/14 ～ 20
期間限定超便宜特賣！

又便宜又美味喔！

山口超市

早上 9：30 ～晚上 8：00
電話 0291-34-5656

6 月 14 日（日）～ 16 日（二）

- ❀ 鹽　58 日圓
- ❀ 牛奶　198 日圓
- ❀ 甜的麵包　全部 50 日圓

6 月 17 日（三）～ 20 日（六）

- ❀ 豆腐　88 日圓
- ❀ 100% 柳橙汁 230 日圓
- ❀ 醬油　189 日圓

特賣期間便宜物品

星期一、二	蔬菜、魚、酒
星期三、五	雞肉、水果、蛋
星期四、六	糖、醬油
星期日	零食（點心）

問1　我想在山口超市買醬油和蛋和雞肉。由於從家裡到超市很遠，所以想在同一天買。什麼時候便宜呢？

1　6月14日和18日

2　6月15日和20日

3　6月16日和17日

4　6月17日和19日

問2　「我」用買的東西做什麼呢？

1　咖哩

2　親子丼（雞肉蛋蓋飯）

3　紅茶

4　裙子

解說

- 常考「星期」整理如下：

月曜日（星期一）	火曜日（星期二）	水曜日（星期三）
木曜日（星期四）	金曜日（星期五）	土曜日（星期六）
日曜日（星期日）	何曜日（星期幾）	

聽解

問題１　MP3-36

問題１では　初めに　質問を　聞いて　ください。それから　話を　聞いて、問題用紙の　１から　４の　中から、一番　いい　ものを　一つ　選んで　ください。

男の　人と　女の　人が　話して　います。この後　部屋の　中は　どうなりましたか。

男：もう　遅(おそ)いですから、帰(かえ)りましょう。

女：そうですね。掃除(そうじ)しますか。

男：いいえ、明日(あした)の　朝(あさ)、別(べつ)の　人(ひと)が　します。

　　あなたは　窓(まど)を　閉(し)めて　ください。

女：はい。このドアは？

男：閉(し)めないで　ください。

女：分(わ)かりました。

この後(あと)　部屋(へや)の　中(なか)は　どう　なりましたか。

1　窓(まど)も　ドアも　開(あ)いて　います。

2　窓(まど)も　ドアも　閉(し)まって　います。

3　窓(まど)は　開(あ)いて　いますが、ドアは　閉(し)まって　います。

4　窓(まど)は　閉(し)まって　いますが、ドアは　開(あ)いて　います。

中譯

男人和女人正在說話。這之後房間裡面會變成怎樣呢？

男：已經很晚了，所以回家吧！

女：是啊！要打掃嗎？

男：不，明天早上，由別人來做。

　　請妳關窗。

女：好的。這扇門呢？

男：請不要關。

女：了解！

這之後房間裡面會變成怎樣呢？

1　不管窗戶或是門都開著。

2　不管窗戶或是門都關著。

3　窗戶雖然是開著的，但是門是關著的。

4　窗戶雖然是關著的，但是門是開著的。

解說

小心聆聽！注意「閉めてください」（請關）和「閉めないでください」（請不要關）是相反的意思。

問題 2

問題2では　初めに　質問を　聞いて　ください。そして　1から　3の　中から、一番　いい　ものを　一つ　選んで　ください。

1番　MP3-37

自分の　仕事が　終わりました。帰ります。何と　言いますか。

1　ごめんください。

2　お先に　失礼します。

3　お願いします。

中譯

自己的工作做完了。要回家。要說什麼呢？

1　請問有人在嗎？

2　我先告辭了。

3　麻煩了。

2番　MP3-38

店の　中が　暑いです。店の　人に　何と　言いますか。

1　窓を　開けても　いいですか。

2　窓を　開けなさい。

3　窓を　開けないで　ください。

中譯

店裡面很熱。要對店家說什麼呢？

1　可以開窗嗎？

2　開窗！

3　請不要開窗。

3番 MP3-39

お父さんが　会社に　行きます。お父さんに　何と　言いますか。

1　いってきます。

2　いらっしゃい。

3　いってらっしゃい。

中譯

父親要去公司。要對父親說什麼呢？

1　我要出門了。

2　歡迎光臨。

3　路上小心。（慢走。）

問題 3

問題3では　文を　聞いて、1から　3の　中から、一番　いい　ものを　一つ　選んで　ください。

1番 MP3-40

女：暗いですから、電気を　つけましょう。

男：1　そうですね。

　　2　こちらこそ。

　　3　いえ、分かりません。

中譯

女：很暗，所以開電燈吧！

男：1　是啊！

　　2　我才是。（彼此彼此。）

　　3　不，我不知道。

2番（ばん） MP3-41

女：デパートに　行（い）って　きます。

男：1　いってらっしゃい。

　　2　いらっしゃいませ。

　　3　さようなら。

中譯

女：我要去百貨公司。

男：1　路上小心。（慢走。）

　　2　歡迎光臨。

　　3　再見。

3番（ばん） MP3-42

女：ケーキを　作（つく）りました。どうぞ。

男：1　一緒（いっしょ）に　しませんか。

　　2　ええ、ごちそうさまでした。

　　3　はい、いただきます。

中譯

女：我做了蛋糕。請用。

男：1　要不要一起做呢？

　　2　是的，謝謝招待。（我吃飽了。）

　　3　好的，我收下。

解說

「いただきます」除了吃東西前當成「我開動了」這層意思之外，也用在收下人家的東西時，有「我收下」、「敬領了」的意思。

國家圖書館出版品預行編目資料
30天考上！新日檢N5題庫＋完全解析 新版 / こんどうともこ、王愿琦著
-- 修訂初版 -- 臺北市：瑞蘭國際, 2023.05
320面；17×23公分 --（檢定攻略系列；79）
ISBN：978-626-7274-30-9（平裝）
1. CST：日語 2. CST：讀本 3. CST：能力測驗
803.189 112006552

檢定攻略系列79
30天考上！新日檢N5題庫＋完全解析 新版

作者｜こんどうともこ、王愿琦
總策劃｜元氣日語編輯小組
責任編輯｜葉仲芸、王愿琦
校對｜こんどうともこ、葉仲芸、王愿琦

日語錄音｜こんどうともこ、後藤晃
錄音室｜純粹錄音後製有限公司
封面設計｜劉麗雪
版型設計、內文排版｜陳如琪

瑞蘭國際出版
董事長｜張暖彗・社長兼總編輯｜王愿琦
編輯部
副總編輯｜葉仲芸・主編｜潘治婷
設計部主任｜陳如琪
業務部
經理｜楊米琪・主任｜林湲洵・組長｜張毓庭

出版社｜瑞蘭國際有限公司 ・ 地址｜台北市大安區安和路一段 104 號 7 樓之一
電話｜ (02)2700-4625・ 傳真｜ (02)2700-4622・ 訂購專線｜ (02)2700-4625
劃撥帳號｜ 19914152 瑞蘭國際有限公司
瑞蘭國際網路書城｜ www.genki-japan.com.tw

法律顧問｜海灣國際法律事務所　呂錦峯律師

總經銷｜聯合發行股份有限公司 ・ 電話｜ (02)2917-8022、2917-8042
傳真｜ (02)2915-6275、2915-7212・ 印刷｜科億印刷股份有限公司
出版日期｜ 2023 年 05 月初版 1 刷 ・ 定價｜ 400 元 ・ISBN ｜ 978-626-7274-30-9

瑞蘭國際

瑞蘭國際